진짜
마고

mago

〈환골탈태〉 세계를
들여다봐 주셔서 감사합니다.
항상 웃음과 행복이
가득하시길 희망합니다.

2024.02
가짜 마고

환골탈태

환골탈태 1

초판 1쇄 인쇄 2024년 2월 21일
초판 1쇄 발행 2024년 3월 6일

지은이	마고
펴낸곳	(주)거북이북스
펴낸이	강인선
등록	2008년 1월 29일(제395-3870000251002008000002호)
주소	10543 경기도 고양시 덕양구 청초로 66
	덕은 리버워크 A동 309호
전화	02.713.8895
팩스	02.706.8893
홈페이지	www.gobook2.com
편집	오원영, 류현수
디자인	김그림
디지털콘텐츠	이승연, 임지훈
경영지원	이혜련
인쇄	지에스테크(주)

ISBN 978-89-6607-476-1 04810
      978-89-6607-475-4 (세트)

환 골 탈 태

01

마고 만화

유어마나

차례

만화에서 폭력이 등장하지만,
다른 사람을 때려선 안 됩니다.

아기는 무척 연약해요.
아주 조심히 다뤄야 합니다.

만화는 만화일 뿐! 절대 따라 하지 마세요!

Episode

01

이사

술 좀 그만 마셔.
이 알코올 중독자야.

아담
-악마-

도대체 또 어디에
이걸 숨겨온 거야?

상자를 열어보니까
안에 술이
들어있더라~.

절대 내가 갖고
온 게 아냐!

거짓말 마.

왜 안 믿지?

드륵

알려줘?

독립하는 대학생의
이삿짐 안에선…

그 어떤
더러운 타락과…

욕망의 물건이
나오더라도…!

10

전혀 이상할 게 없다고!

더러운 타락과 욕망의 물건들

너 고양이 키우려고?

야, 해골아!

고양이

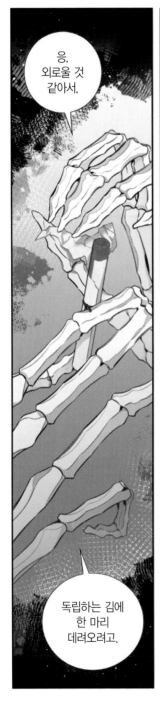

응, 외로울 것 같아서.

독립하는 김에 한 마리 데려오려고.

해골
-스켈레톤-

인간계 고양이 키울 거야.

아, 잔소리 듣기 싫으니 아담한테는 말하지 말…

고….

꼴꼴꼴

도대체 뭔 짓을 한 거야,
이 자식이….

너야말로
뭔 짓을 한 거야,
이 자식아.

너 '변비'란 거
다 나았나?

응.

죽고 싶으면
그냥 말을 해.

널 위한 행동임을
모르겠니?

몰라,
짜샤!

해골아,
다시 생각해
보자.

늦었어. 이미
주문했어.

오늘
저녁에 배달
올 거야.

마신님,
이 알코올 중독자와
나태함의 산물을
구원하소서…

저런 애가
아니었는데…

저녁
저녁

와각

이게
해골이
방인가?

비 오면
큰일이겠…

그나저나 집 살 돈은 어떻게 마련한 거야?

뭐 용돈 모아둔 거 다 털었—?

내, 내려와. 해골이 뼈 부러져!

안 그래도 요추 약한 애를….

집값이 싼 이유가 있었어. ×2

갑자기 왜 그래….

뱀?

응! 근데 넌 별로 상관없네~. 뼈니까!

안심된다야~.

그래, 뱀은 괜찮지….

마계
입니다.

저녁에
고양이
받으려면.

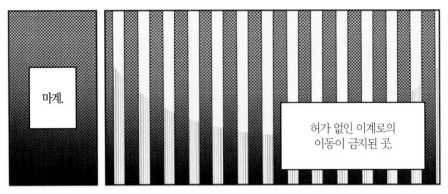

마계.

허가 없인 이계로의
이동이 금지된 곳.

따라서 마물들은
다른 세계에 대해
모르는 것이 많지만

적어도
정보나
물건,

인간계 생물 대백과
저자/앙드레K

허락된
동식물
등은

국가에 등록된
대행사를 통해
유통됩니다.

그 덕분에 인간계의 동물을 키우기도

저보다 상자가 더 좋은가 봐요~.

비슷한 음식을 먹기도 하지만,

하하하~.

이사 날엔 짜장면

이렇게나 친숙함에도

인간 (human)
예시 그림: 근육이 잘 발달된 인간의 형상

인간은 위험하므로 해당 생물을 발견 시 즉시 신고.
신고 전화 : 000

뇌보호를 위한 털. 그 수가 적거나 없는 것도 존재.

눈썹 존재

겉가죽의 색 분포

유방의 발달: 성별에 따른 것이나

인간
포유류
어류

팔랑

인간의 생김새는 그 누구도 알지 못해요.

인간은 너무나도 무서운 존재라서

19

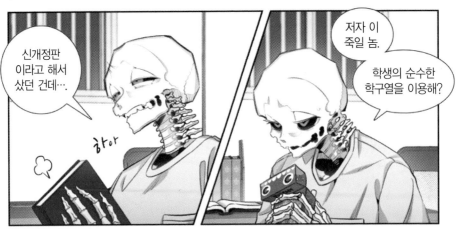

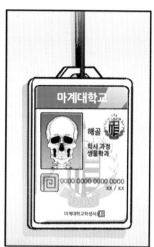

마계대학교

해골
학사 과정
생물학과

0000 0000 0000 0000
xx / xx

마계대학교 학생서[불명]

좁아 터졌군.

오도독

오독

원래 살던 집의
화장실 정도….

뭐, 급하게
나오느라 돈이
없었으니까.

혼자 살 건데
아무렴…

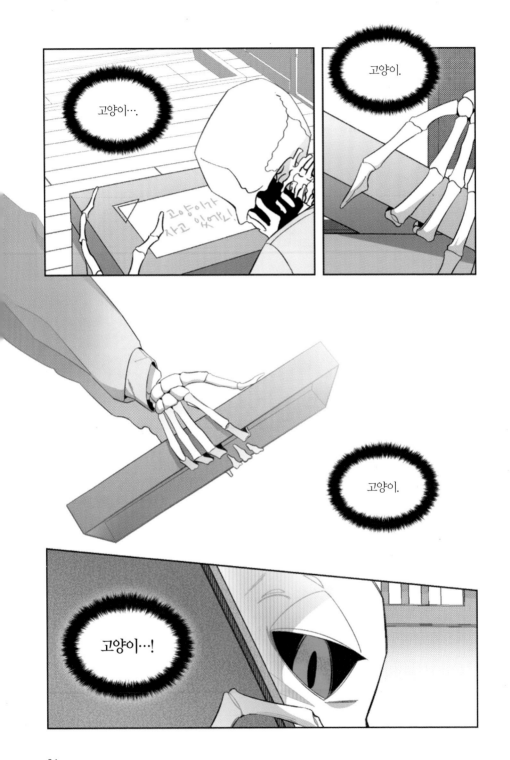

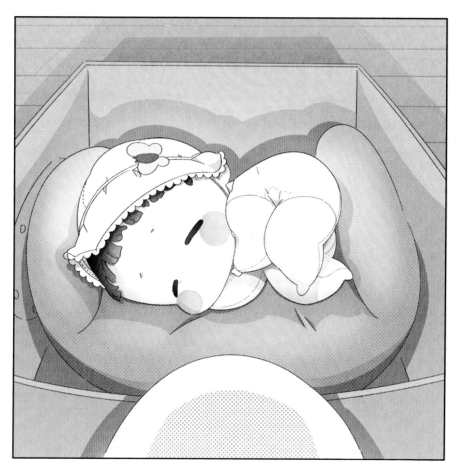

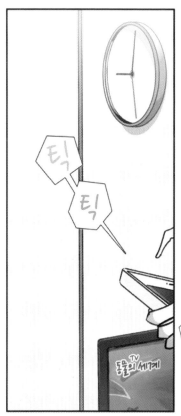

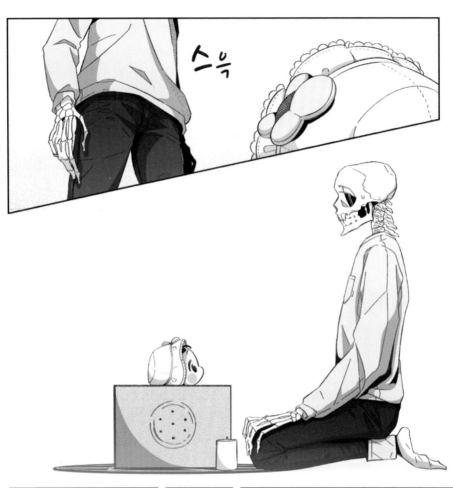

스윽

초롱

초롱

반짝

반짝

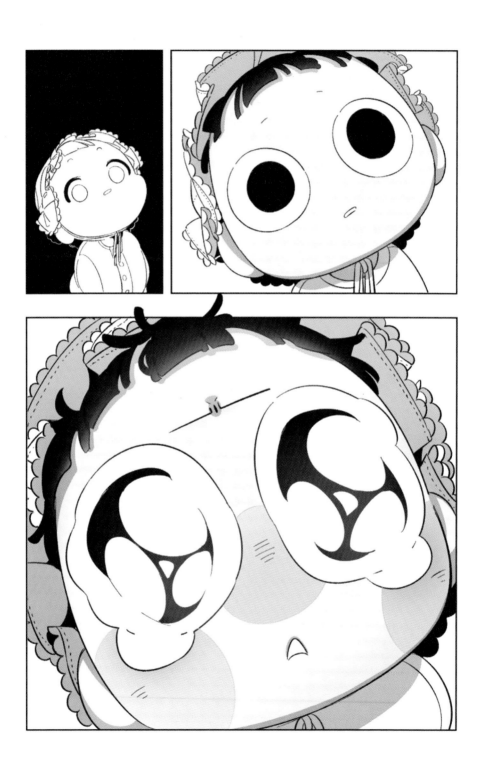

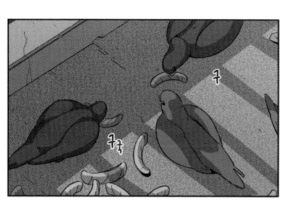

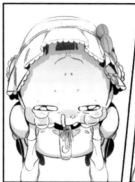

미, 미안…

찍끄만 게 뭘 알겠냐.

이잉!!

잠깐 상자 안에 있어봐.

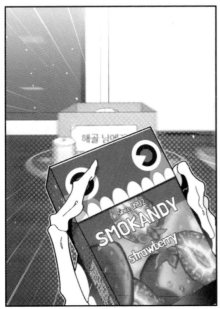

그래….

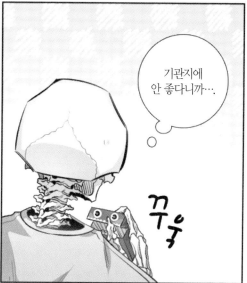

기관지에
안 좋다니까….

꾸욱

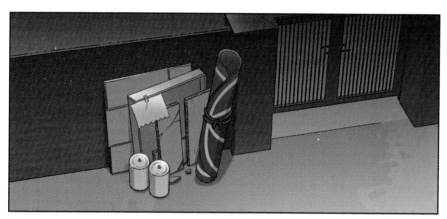

원래 받기로
한 고양이는
얘였는데…

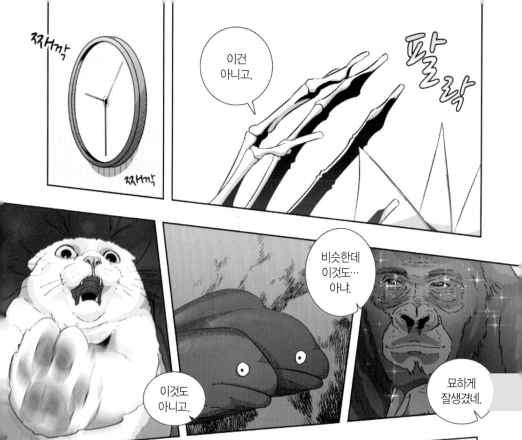

이건 아니고.

비슷한데 이것도… 아냐.

이것도 아니고.

묘하게 잘생겼네.

찾아 봤지만

특징이나 외관이 겹치는 동물은 없었어. 이건…

도대체 무슨 생물이지?

책에 사진이
없는 동물은
단 하나.

그림
입니다.

적혀있는
특징은
비슷해.

당장 확신할
수는 없지만,

정황상으로
비추어볼 때—

가능성은
충분히 있다.

마계령
제3조

마계에서 인간과
조우했을 경우

발견 즉시

사살!

41

온몸에 풍성한 깃털을 타고나는 다른 새들과는 달리,

오늘의 주인공 찰리찰리는 맨살만 보들보들합니다.

보기 안타까워요~.

오늘의 주인공
찰리찰리(2세)

돌연변이 박사 고 교수님.

이런 경우 보통 어떤 문제가 발생하나요?

이런 경우… 아, 보시죠.

마침 번식철인지라 찰리찰리도—

이성 친구 옆을 기웃거려 보네요~.

이성 친구(3세)

아~ 과연 승산이 있을까요?

글쎄 말입니다. 한번 볼까요? 승산이~

없네요!

한 치의 승산도 없어요.

그~, 렇~, 습~, 니~, 다~!

냉혹한 짐승의 세계란 바—로 이런 것이죠~!

혹시나 했는데 역시나. 같은 종이라고는 전혀 인식하질 못하네요~?

뭐, 털 없어서 못 알아보는 게 새들 탓은 아니니까요! (웃음)

아마 찰리찰리는 앞으로도 영원히 혼자일 거라고 저는 생각합니다.

자연에서의 돌연변이란, 결국 죽음뿐인 거죠.

하하하. 자세하고 친절한 설명 감사했고요~.

동, 물, 의, 세, 계! 다음 주 이 시간에 또 만나요~!

빠바바라밤~♪
(닫는 노래)

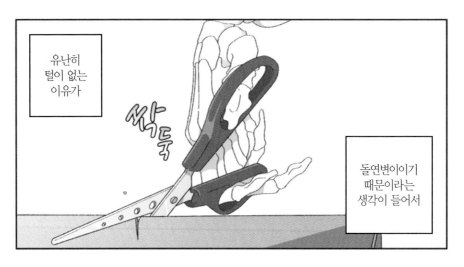

유난히
털이 없는
이유가

돌연변이이기
때문이라는
생각이 들어서

불쌍한 마음에
그만

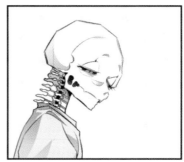

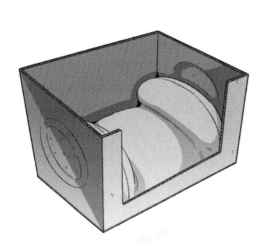

성급하게
결정해
버렸습니다.

…책에서 보니까 고양이는 15년 정도 산다더라.

인간은 얼마나 오래 사나요?

평균적으로 80~100세까지 살고

한 세기 전에 비해 수명이 약간 늘어난 듯.

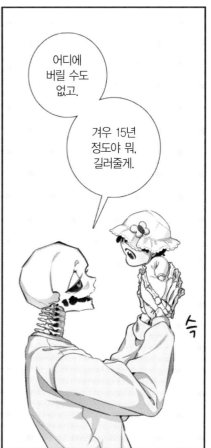

어디에 버릴 수도 없고.

겨우 15년 정도야 뭐, 길러줄게.

숙

인간계 생물들은 잘 모르겠지만,

마물들에겐—

15년 정도는 금방 지나가니까.

하지만
역시

이 녀석,
토실한 게
밥 많이
먹겠네.

좀 더 오래
생각해 봤어야
했나 봅니다.

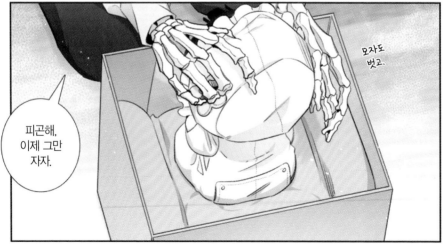

모자도
벗고.

피곤해,
이제 그만
자자.

우웅…

…
안아달란
거냐?

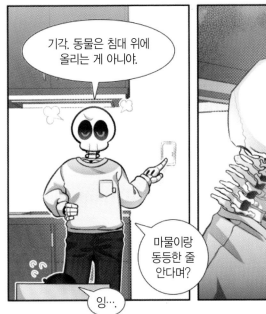

기각. 동물은 침대 위에
올리는 게 아니야.

마물이랑
동등한 줄
안다며?

잉….

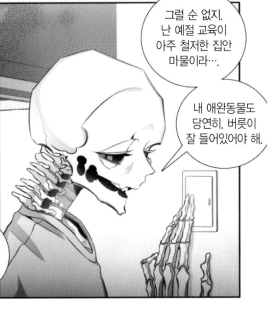

그럴 순 없지.
난 예절 교육이
아주 철저한 집안
마물이라….

내 애완동물도
당연히, 버릇이
잘 들어있어야 해.

딸깍

거기서
자.

으애애애애애
애애애애애애
애애앵!!!!!

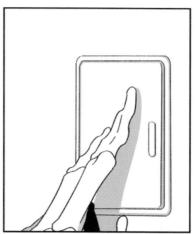

저기요~.

스륵

조용히 좀

합시다~~!!!

예~~~~???
오늘 새로 이사 오신 분,
조용히 하시라고요~.

시끄럽다고~!

내일모레
면접 떨어지면
당신이 책임
질 거야~?!

내 인생을~~
책임져줄래~?!

죄송합니다~.

저 마물, 낮에도
어찌나 예민하게
굴던지, 이번엔 다
너 때문이야!

이잉!

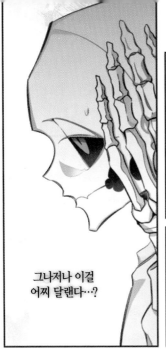

에휴, 이 털 없는 민둥 고양아~.

얼른 잠이나 자라~.

그나저나 이걸 어찌 달랜다···?

아악!

야! 그런다고 안아줄 것 같아?

금수 주제에 어딜 기어 오르려고.

절대 그럴 일 없어!

히잉···

거기서 자!

고구마같이 생겨갖곤.

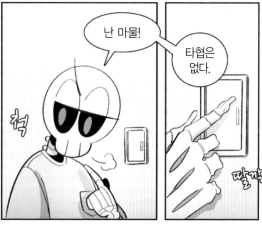

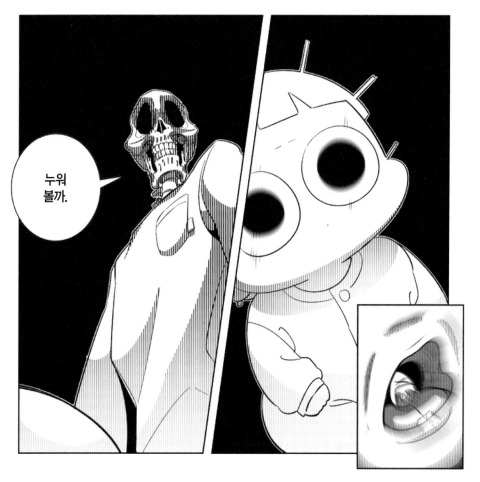

못 들었냐!!!

아악!

안 돼!

버릇 든다고!

제기랄!

이사 첫날부터 사기를 당하질 않나.

옆집엔 이상한 마물이 살고…

집에선 도망치듯 나온 거라 당장은 돈도 별로 없는 데다,

기껏 분양받은 애완동물은 털도 없지…!

52

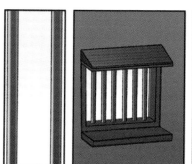

딸깍

으애애애애앵!!!!!!

쾅
쾅
쾅
쾅

야 이
어디서 괭이
우는 소리 좀
안 나게 해라
~~!!!!

쾅
쾅
쾅
쾅

죄송합니다….

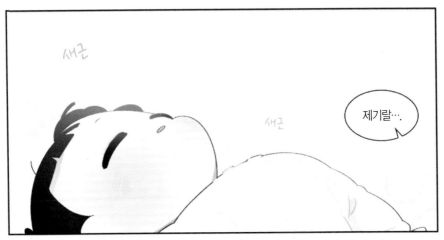

제기랄….

분리 숙어요?

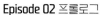

마신교.

마계에서 가장 많은 수의 신도를 보유하고 있으며

탁

사제님!

탁

오늘 예배 뒤에 저희에게 성경을 가르쳐주시기로 한 약속 기억하십니까?

이런, 오늘이 벌써 그날이었던가요?

아담이 사제로서 몸담은 종교입니다.

어쩌죠, 꼭 가봐야 할 곳이 있어서….

괜찮아요, 이해합니다⋯.

오늘내일 아사할까 걱정될 정도로 제 도움이 절실한 이가 있습니다. 그 대신—

다음 주일엔 꼭 여러분과 보낼 시간을 비워둘 테니,

저희 함께—

마신님께 더 가까이 다가가 보아요.

부탁해요.

네~!

세례 받으면 사제님 곁에 더 가까이 앉을 수 있을까?

호호호. 꿈 깨자.

Episode

02

나비

먹으래도.

먹을 리가
없습니다.

누구
전화지?

아.

삐빅—

웬일이냐?
토요일에?

다시 한번
말하지만
난 그 종교
안 믿는다.

이번엔
그거
아니거든?

장 좀 봐서 너희 집에 가고 있어.

이것도 일종의 봉사랄까.

어제 이사했으니까 보나 마나 냉장고에 아무것도 없을 거 아냐.

그리고 너, 어제 받은 고양이

잘 데리고 있는 거지? 문제없이.

후우

아니, 문제 있어.

뭐? 무슨 문제?!

직접 와서 보면….

어둠마트

부스럭

후드둑

야, 사료 던지지 마!

버릇 없기는—.

고양이가 사료를 던져?

냥

응? 저 술꾼은….

릴리!

끌썩

끌썩

내 이럴 줄 알았지!

우렁총각처럼 먹거릴 사들고 올 것 같더라니.

그래서 그걸 뺏어 먹으려고 행차하셨다?

뻔하긴.

이상하네~.

여기까지 걸어오는 게 더 귀찮았을 텐데?

아까 아침에 쌀 위에 보드카 붓고 동생한테 쫓겨났걸랑.

갈 데가 없어서.

너도 참, 대낮부터 취해서 정신이 오락가락 하는구나!

그러길래 끊으랬잖냥

악.

잔소리 하지 마라!

63

딩동

덜컹

어라, 아담만 오는 줄 알았는데.

요 앞에서 우연히!

언제 만났어?

우연이란 단어의 뜻을 잘못 알고 있나 본데….

뭐, 한 번에 보여줄 수 있어서 좋긴 한데….

학습 능력이 없나?

캐액 캑.

괜히 민망하네. 보여줄게.

몸이 기억하게 해줘?

아야 아야야.

어제 택배로 받은…

고양이.

응무으….

아야.

퍽

퍽

아.

아?

퍽

퍽

퍽

퍽

잉.

오, 마신님.

아까는 얼마나 놀랐던지.

탈모라니, 그렇게 아픈 고양이는 병원비로 들어가는 비용도 만만치 않을 텐데.

네 자금이 버틸 수 있을지 모르겠다.

첫 달 생활비는 얼마로 잡았어?

우선 식비는 이십만 원 정도로 잡으려고.

나 원래 많이 안 먹잖아.

글쎄다, 너도 이제 많이 먹어야 할 텐데~.

릴리 말이 맞아.

예전처럼 마력이 많았을 때라면 몰라도 지금의 넌….

이상하게 사료를 안 먹어.

아직 젖먹인가?

갖다 던지기나 하고….

투실~

듣는 척이라도 해줘라, 좀!

우유 있으니까 먹여봐, 그럼.

어둠마트

마계우유
LACTOSE FREE MILK

찌이익

쪽

쪼르륵

먹어.

슥

이…

슥

잉.

풍당

윽.

못된 고양이!

나쁜 고양이!

음식에 발을 담가?

장난 꾸러기네.

싫은 소리란 건 인식

옷이 다 젖었잖아.

옷은 마르겠지, 발만 닦아줘.

생필품을 오늘 사려고 했어서 수건이 없어.

그러고 보니 옷을 입고 있네?

아냐, 있어.

수건이라면 비닐봉지 안에 있어. 집들이 선물로 가져왔거든.

이크, 실수

이거?

그래, 그거.

환골탈태ⓒ마고

유어마나

다른 지역
교회 창립
기념으로
받은 거야.

마신님은 당신을
사랑하십니다.

문구가 참
다정하지?

그래,
고맙다.

집 나올 때 수건
몇 개 챙겨올걸…

자,
사과
먹자!

마신님을 찬양해
요

에이, 고기
구워주지…

미안,
요새 내가
살이 쪄서…

식단 조절
중이야.

야삭

우유 먹는 법 가르쳐주려고?

응, 내가 떠먹여 줄 수는 없으니까.

그대로 고개를 숙여서 마시면—.

풍.

당

새끼니까 그럴 수도 있지.

휙

휙

귀찮아.

쿠

쿠

으.

또
흘리네.

설마 앞으로도
계속 이렇게
먹여야 하는 건
아니겠지?

귀찮아····

귀찮다고
급하게
먹이지 마.

안 그랬거든?

그런데 아까 시끄럽다고 한 마물은 누구야?

옆집.

어제도 낮부터 물건 옮기는 게 시끄럽다고 화내더니, 계속 저래.

소리에 민감하신가 보다.

아하! 소리에~

저벅

저벅

민감하지 않게 만들어주지.

살살해.

저거 안 말리면 일 나겠네.

73

릴리, 잠깐만.

이거 안 놔?!

어허, 해결해 주신다는데.

기다려! 이웃 주민한테 뭘 어쩌려고 그래.

꼴 꼴 꼴

술 도로 안 집어 넣어?!

혈중 알코올 지수 올리는 중↑

좋게 말로 해결 할 거야.

네 말은 주먹에서 나올 거고?

칫.

허를 차~?

네 레퍼토리 다 외웠어!

안 돼, 내가 여기서 딱 감시할 테니까!

좋아, 진짜 말로만 할게. 대신….

사사건건 참견한 걸~

후회하게 해주지.

띠잉

동

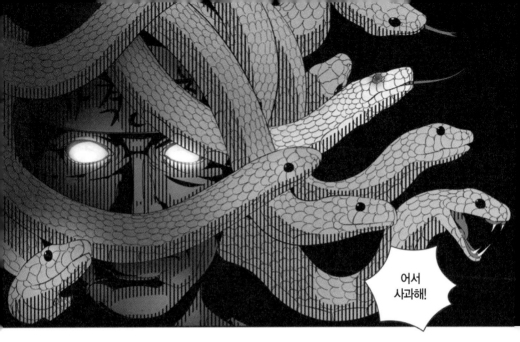

어서 사과해!

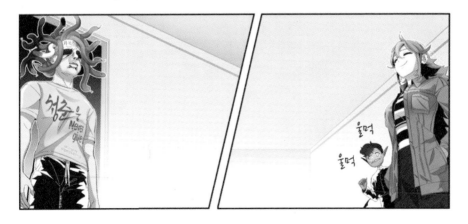

울먹
울먹

늦네.

어이—

무슨 일 있냐?

흐이이 이잉…

넌 갑자기 왜 우는데?

익, 끄익…

듣다 보면 울음소리도 좀 이상한 것…

끄륵

꾹

꾹

누구인가?

둘 중
누가 벨을
눌렀느냔
말이야.

사—

어제 봤다는 뱀은 다 머리카락 이었구나.

꼭 그 옷 때문만은 아니지만 댁이 범인 같기도 해.

릴리, 옆에 당당히 서있지만 말고 대답해 드려!

잠깐, 그러고 보니…

이렇게 겁도 없는 애가 어제는 왜 뛰쳐나왔지…?

우리 누나가 무서워하는 거? 글쎄….

나도 하나밖에 몰라.

예전에 부모님이 1년 된 뱀주를 받아오셨는데

뱀이 아직 살아있더라고.

제일 먼저 마시려던
누나가 코를 물린 뒤로

서,
설마….

뱀만 보면 기겁해.
그거 말곤 없어.

툭

얘가
범인이란
소린가.

굳었잖아―!

그것도
의기양양한
채로―!!

말을
해라 좀.

탁

탁

해골?

탁

탁

야, 너 어디 가!

넌 어딜 가.

아…

펫토피아 마계동물병원
00-000-0000

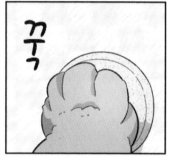

괜찮네요.

급하게 먹는 바람에 게워냈을 뿐이에요.

있었다면 이 세상에 대머리는 없겠죠.

예…

어라,

평범한 고양이들과는 다른가요?

그럼요, 이런 경우엔 피부도 더 연약할 테니 우선 그것부터 찾아보죠.

뒤적

귀찮게 됐네…

자, 그럼 이제 요 작은 돌연변이에게 딱 알맞은 생활 방식을 찾아 알려드릴게요.

그리고 2주에 한 번씩 검사받으러 데려오세요.

쩍

생물의 표면

저자 / 앤드레X

특이한 케이스니까 그런 건 돈 안 받을게요.

오늘 건 내야 하죠?

오늘 건 내야죠.

…….

할인해 드릴게요.

84

[동물명 : 미정]
진료 (180,000)
진찰료(초진)
피부 검사
귀 확대 검사   8,000원
약욕 샴푸(민감   27,000원
성 샴푸(대)   132,000원
기타 검사

총 합계 : 180,000원

때…

한 달 식비…

R
R

뚜—

안 받네….

이렇게 소재가 불분명해서야, 원.

심신 안정 취하는 중

수건을 나눔 하고 어찌어찌 무마했습니다.

이웃집인데 이거 받으시고~.

그쪽 종교 안 믿지만 수건은 받도록 하지.

곧 보고를 드려야 할 시간인데….

달컹

나 왔다―.

너 왜 전화를…!

고양이 이름 생각했어.

이름?

86

'돈 먹는 하마' 어때?

진심이야?

...별로냐?

현실에 의거한 건데.

아니, 그나저나 어딜 다녀왔냔 말이야!

동물 병원.

얘가 토를 하더라고.

근데 난 토를 글로만 배웠지 보는 건 처음이라.

그래, 스켈레톤은 토 같은 거 안 하지.

두적

큰 병이라도 난 줄 알고 놀라서 뛰어 나갔지 뭐야….

덕분에 한 달 식비만 깨졌어!

꼴랑 이만 원 남았다고.

그, 그건 뭐야?

ZZZ

젖병이란 건데,
서비스로 주더라.

여기에 우유를
담아 먹이라나?

이런,
흘렸네.

걸레
없어?

이 방
주인이 넌데
왜 묻니?

바닥 닦는 데
우리 교회 수건
쓸 생각 마!

쳇.

미신에
집착하기는.

이거나
써야겠다.

그게
뭔데?

모자잖아.

어디서 났어?

얘가 원래 쓰고 있던 거.

원래 쓰고 있었다고?

이런 모자를?

이렇게.

그 고양이 혹시 다른 마물이 키우다가 잃…

아.

나비.

응?

이건
별로
아니지?

뭐야,
이건.

새끼 돼지인가?

달칵-

여보세요.

고 교수님,
저 마고
입니다.

고교수님

자네
간만일세.

그래, 무슨
일인가?

이번에
내진 도중

글쎄,
사진만
봤을 땐
돼지로
보이던데.

돌연변이성이
강한 녀석을
발견했는데―

어떤 동물에서
파생된 건지
가늠할 수가
없더군요.

아시잖습니까,
제가 그쪽 전문인 거.
고양이는 아니에요.

행동을 보면 돼지보다는
고양이와 비슷한 점이 많습니다.
울음소리도 그렇고요.

그래서인지
데려온 쪽도
고양이라고
착각하던데.

살짝

더 자세히
알아봐 줄 수
있겠나?

예, 그렇지
않아도

짝
짐

짝
짐

분명
좋은 자료가
될 거예요.

고
고

2주에 한 번씩
관찰할 수 있도록
구실을 만들어
놨습니다.

결국 수건으로
닦았습니다.

아무리 그래도
레이스 달린 걸
걸레로 쓰니?

나중에 깨끗이
빨아 놔!

우리 집에선
썼는데···?

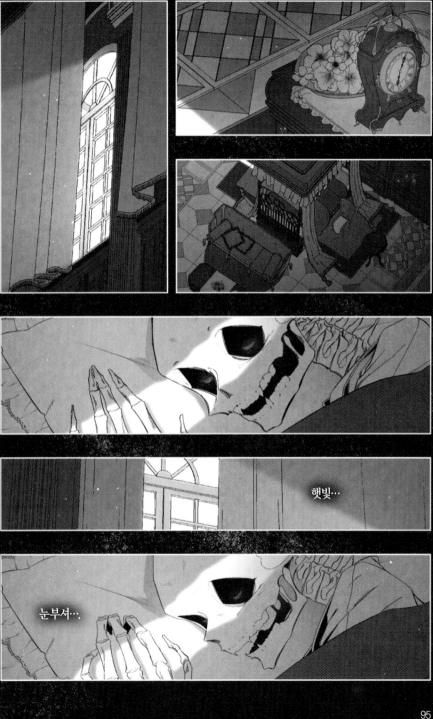

햇빛…

눈부셔…

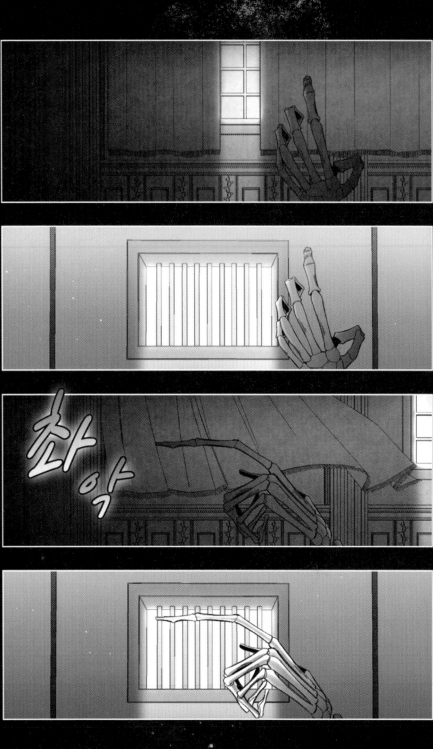

점심을 어떻게 먹이지?

곧 봉사 활동 갈 시간인데.

아니 라더라….

하루 두 끼만 먹여도 되지 않아?

하루 여섯 번. 4시간마다.

새벽에는요?

깨어나게 되실 거예요.

된다뇨?

*아기 고양이의 경우 하루 5~7회 수유.

혹시나 해서 말해 두지만.

양로원에 데려가는 건 안 돼. 거긴 모두 어르신들 뿐이라.

동물 털 알러지로 기침 한 번만 해도

갈비뼈 두세 개는 기본으로 나가신다고.

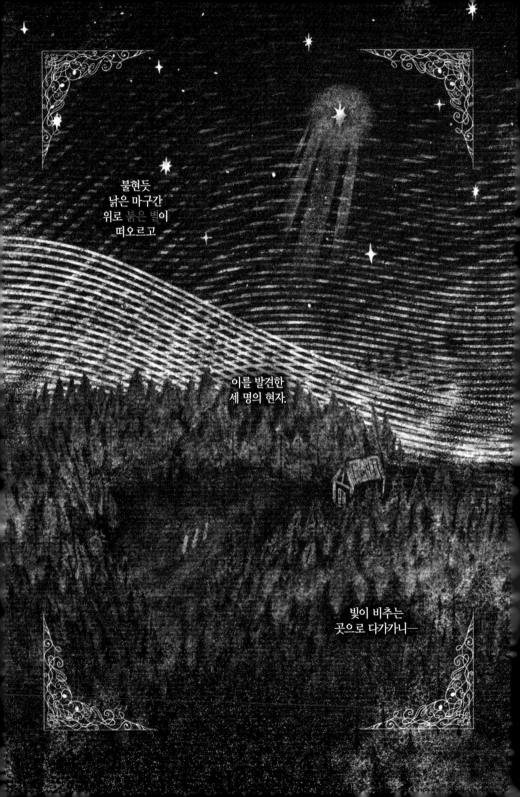

어느 낯선 이가
형겊으로 몸을
가리고 있더라.

가장 처음
그를 발견한 성자

루시퍼가
말하길─.

보아라!

이것이
바로―

너희를 춤추고
기쁘게 할 이의
얼굴이니라!

지가?

아뇨, 마신님
얘기하는
거잖아요.

마신님~
제 목소리가
들리시나요?

할아버지
앞에 내용 전혀
안 들으셨죠?

글쎄~.

조사복음(調査福音)
1장 5절 말씀으로

오전 예배를
마칩니다~.

아멘ー.

아멘.

앗.

아야.
니 옷에서
폭탄 터질라
그런다!

부우웅

제 옷에
폭탄이요?

할아버지!
이제 저 누군지
아시겠어요?

헤— 문자
왔었구나.

예배 때문에
무음으로 설정
해놔서 몰랐네.

폭탄~
폭탄~!

걱정 마세요.
이거 핸드… 아니,
전화기예요.
전, 화, 기!

나도 핸드폰
뭔지 알어
인마!

다소 뜬금없이
돌아오시곤 합니다♪

늙은이
취급하긴~

거 아까까진
전화기도 모르시던
분이….

107

내가 너보다
다섯 배는 더 살았는디!
어?

언니 왔어,
은비야~.

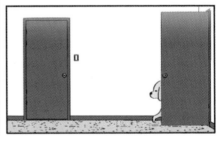

웡.

여기 봐라~.

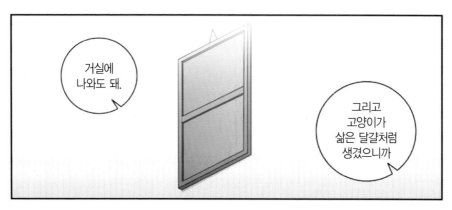

거실에 나와도 돼.

그리고 고양이가 삶은 달걀처럼 생겼으니까

보고 놀라지 말…

고!

쿠울

실룩

할짝

으음….

할짝

구린내….

저 노란 건
뭐지….

내가 잠들기 전에
술을 쏟았나?

그럴 리가~

없는데~.

천하의 내가
귀한 테킬라를….

포
쉬
이
이

파닥

파닥파닥파

부들

부들

루이야~!

나 왔시야.

두둥

순애 할머니
오셨어요?

오냐.

저벅

오늘은 웬일로
조금 늦으셨네요?

이잉,
노인네 입 심심할까 봐
주전부리 좀 사오느라.

뭔디?

바스락

오메, 사과!

울 엄니도 사과
좋아하시는디―.

같이 드셔야지 으디 가셨당가?

고향에 계시제.

그려?

아니, 할배가 저 나이가 되시도록 어머니가 살아계신단 말이야?

소곤

소곤

넌 치매 걸린 분한테 누구 돌아가신 걸 굳이 설명까지 드려야겠니?

아.

그럼 저흰 이만 가볼게요.

꾸벅

가니라.

탁

그럼 걱달이는?

가도 사과라면 겁나게 거시기 해브러야.

오빠는~! 그 양반 먼 데로 이사 가부렸당께, 자꾸!

그렸어?

허허허허···

루이야~
나 좀 도와주라~.

무슨
일인데?

바빠.
짧게 말해.

고양이가
오줌 쌌어!

그럼
씻겨!

씻겼지~. 근데
고양이가 입고 있던 옷이
다 젖어버렸거든?

네 인형들과
비슷한 크기니까,
옷 좀 빌려주라.

내 인형들과
똑같다고?

생긴 것도
닮았달까.

야가
몸에 털이
없거든~.

아까 삶은 달걀처럼
생겼다고 했던 거
기억해?

닮았지?

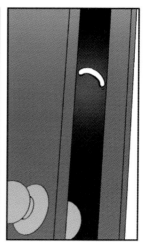

닮긴 뭐가 닮아 이런 못생긴 게!

눈도 쭉 찢어지고 코도 낮고 ~#$%^&

알아들었다면 무척 상처가 될 말이었습니다.

에잉, 우리 이쁜 나비한테 왜 그래~.

예쁘기도 하겠다!

방해하지 말고 이제 문 닫아!

야아~ 그래도 옷은 빌려주라.

아, 진짜!

여기.

샤라랄라~

야, 천사 날개라니 이딴 촌스러운 걸.

누나 무서해?

도움받는 입장이 따지기는!

탁

몰라, 나 대회 준비 때문에 바빠.

그쪽 책상 위에 옷들 버리려고 둔 거니까 알아서 골라 가든가 해.

알았어.

휘적

휘적

이잉~.

나비, 왜? 저거?

확실히 버리려던 옷들이라 눈에 확 띄는 건 없네~.

이쪽 책상 위에 있는 건 다 버리는 거라고 했지?

그래, 그중에서 가져가.

휙

고마워, 잘 쓸게~!

멋진 미소

펫토피아 마계동물병원
00 - 000 - 0000

117

기다리고 있었어요!

그런데 고양이는요?

사정이 있어서 혼자 왔어요.

아, 아직 어려서 혼자 두면 안 될 텐데요…!

끼요옷

부른 김에 살펴보려고 했더니~!

걱정 마세요, 친구가 대신 돌봐주고 있거든요.

제가 주말마다 봉사 활동을 다녀야 해서요.

에….

해골 씨가 봉사 활동이요? 전혀 그럴 인상이 아니신데!

우와, 확 깬다!

깜짝!

고양이 수인들은 무례하다더니….

그런데도 믿다는 생각이 전혀 들질 않으니,

어째서일까? 역시 고양이라서 그런가….

어디로 다니세요?

마신교 요양원 이요.

진─짜 안 어울려요!

아니다, 전혀 안 들진 않는군.

118

찾았다, 강화 보습제!

웜이 무슨 동물인지 아시죠?

그 미끈한 벌레요? 애완용으로 인기 많죠.

네~, 보통 그 웜들이 쓰는 건데.

할인해서 이만 원.

어제 설명 들으셨다시피 해골 씨네 고양이는 독특하게도

피부가 분비물 쌓이기 쉬운 구조로 이뤄져 있어요.

타입 A

저녁에 한 번씩 꼭 씻기시고

수건으로 닦자마자 바로 발라주세요~.

살랑

안 그럼 살 터요.

남은 식비 이만 원마저⋯.

그 이름 듣자마자 역시 신께서 주신 연구 자료가 아닐까 싶더라니까요!

저희가 돌연변이 연구를 처음 시작하면서 분석했던 게 바로 '나비'잖아요.

피날레도 나비라니, 운명적이지 않아요?

자네 기분이 아주 좋은 것 같구먼.

물론이죠~. 학자로서 가장 먼저 발견한다는 건 칭송받을 일이니까요!

제가 그 자리에 이름을 올릴 수 있단 것만으로도 설레는걸요.

푸흐흐, 밝고 좋은 꿈일세.

참, 이걸 알려드려야겠네요.

나비를 기르는 마물이 주말마다 마신교 요양원에 봉사 활동을 갑니다.

찾아가셔서 우연을 가장해 친분을 쌓으시는 것도 나쁘진 않겠어요.

그러고 보니 그 마물에 대한 정보는 하나도 듣지 못했군. 외관은?

스켈레톤입니다.

그 종족이야 워낙 개체 수가 적으니 헷갈리실 건 없죠.

달칵-

실수에 대비해 이름은 미리 알려드리지 않을게요.

좋은 생각일세.

흐음….

새로운 종류의 돌연변이라….

야,

나비!

쟤 좀 봐.

주인이 부르는데 뒤도 안 돌아보네.

어제 지은 그 이름?

응.

그거 듣고 뒤돌아보면 TV 동물클럽에 전화해야 해.

천재 고양이로.

게다가 직접 부르는 건 이번이 처음 아냐?

역시 하루 만엔 무리였나.

잘랑

바보라서 그런 건 아니지?

이것도 가져가고.

이이이잉, 쉬이익!

DARKSIDE

그게 뭔데?

나비 여벌 옷 몇 벌 챙겼어.

드레스네.

센스 만점

124

근데 아담은? 너희 오면 같이 저녁 먹자고 하려 했는데~.

가슷

클래식하고 모던한 게 세련됐다.

화려하면서 단순하달까.

요즘 200대들의 취향 저격이었습니다.

루이가 만든 인형 옷들이야. 크기가 딱이지?

걔? 나도 아까…

같은 생각 이었는데….

해골아, 너 더 갈 곳 있어?

나비 데리러 가기 전에 동물병원에 좀 들르려고.

왜, 어디 가게?

아니, 아니.

?

그냥 물어본 거고, 자긴 집사님께 드릴 말씀이 있어서 가야 한다더라.

걔는 참, 종교 생활 열심히도 한다.

그러게.

오늘 고마웠어, 갈게~.

잘 가~.

띠딩

집사님 ★

아담 군, 지금 통화가 가능할까요?

슉

사담으로 늙은이의 한탄일 뿐이지만…

도련님께서 이렇게 고집을 부리시는 건 처음 겪는 일이라.

아담 군이 소식을 전해주지 않았더라면 참 곤란했을 겁니다.

그저 해야 할 일을 했을 뿐인걸요.

후후

가족분들이 걱정하시게 둘 순 없죠.

맞습니다.

주인님께서도 아담 군이 옳은 일을 하고 있다며 늘 칭찬하세요.

아버님이요?

딱

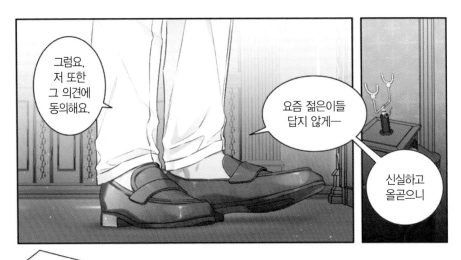

그럼요, 저 또한 그 의견에 동의해요.

요즘 젊은이들 답지 않게―

신실하고 올곧으니

장차 훌륭한 마물이 될 거라, 이 늙은이는 믿어 의심치 않아요.

그렇죠?

아, 그래서 말인데 아까 말한 사진은….

해보겠습니다.

어이쿠, 고마워요.

허허, 그럼 이만.

달칵

주인님 말씀대로 아직 미숙한 청년이에요.

뭐, 어리니 당연한 거지만.

처음 봤을 때부터 이리저리 잘 휘둘리는 모습이….

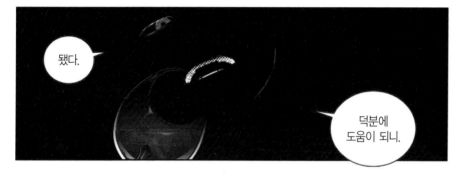

됐다.

덕분에 도움이 되니.

유일한 정보꾼 이지요?

현재로선.

그래, 아직은.

그나저나 해골 도련님이 걱정입니다.

평소에도 식사를 자주 거르시곤 했는데.

예전엔 굶으셔도
주인님의 마력 덕에
문제가 없었지만
지금은….

—몸도 약해지신 분이
어디서 질 낮고 음식
같지도 않은 것들을
드시는 건 아닌지.

특히
사탕이
그래요!

도무지 입에서
놀질 못하셨죠.

도련님~!

스켈레톤이 치아 망가지면
얼마나 못생겨지는데요!

드시지
마시래도
또.

알았어….

알긴 뭘 아세요!
계속 드시고 계시면서!

화냅니다? 이 집사
정말로 화내요?

타일러도, 야단쳐도
듣지를 않으시고….

이젠 그것마저
해드릴 수 없는데….

봉투 드려요?

네.

아까 구워 먹은 고기 냄새가 입에도, 옷에도 배었어~.

삐빅-

삐빅-

이럴 땐!

3,850원 입니다~.

새로 나온 사과 맛 KANDY!

SMOKANDY
green apple

잉.

오도독

이이잉….

이걸 달라고?

에ㅡ.

안 돼.

고양이는 초콜릿 먹으면 죽는단 말이야.

이이잉 쉬이익.

하여간, 뚱냥이.

너 때문에 나도 사탕 안 먹잖아.

이걸로 퉁쳐.

우웅.

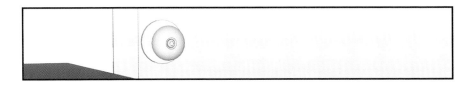

읔!

특

이제 뭐야, 더럽게~~!

케이프 완성!

됐었는데?

이제 드레스에
두르기만 하면~.

과거형

누나, 혹시
책상 위에 있던
파란 드레스….

그거?
해골이가 완전
좋아하더라~.

그, 그걸
주면 어떻게 해!
대회에 내보낼
작품인데.

으아아악!

뭐가 됐든
도로 가져와,
빨리~!!

네가 그 책상
위에 있는 옷은 전부
된다며?

깜박했어.

너무 예쁜 건
알아서
납뒀어야지!

친구한테
구린 걸 왜 줘?

물 붓는다?

어풋ㅡ.

아.

이렇게 끼었으면 안 되는구나.

이잉!

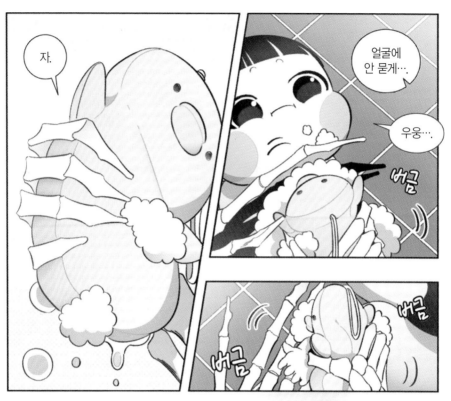

뭘 줬길래
루이가 또
저 모양이야?

인형 페스티벌
예선 준비작.

엄마가 몰라서
물어본 것 같아?

루이! 얘, 루이야. 일단
나와서 대화하자, 응?

지가 책상 위에
있는 건 다 된다고
해놓고…

대답도
안 하네…

알아서
눈치 있게
예쁜 건
냅뒀어야지!

친구한테
구린 걸
왜 줘?

릴리야,
아무래도 그 옷
다시 받아와야겠다.
아빠가 부탁할게.

에이—

뭘 줬던 걸
도로 뺏어와!
치사하게.

141

내 친구한테 그런 추접스러운 짓을 할 순 없어!

엄마가 테킬라 한 박스 사 줄게.

의—리!

다녀올게.

고양이 부리토 완성.

물 묻히고 이리저리 돌아다니면 곤란하지.

저희 집에서도 자주 써요.

마신님은 다시 사랑하십니다.

선생님이요?

배워오길 잘했다.

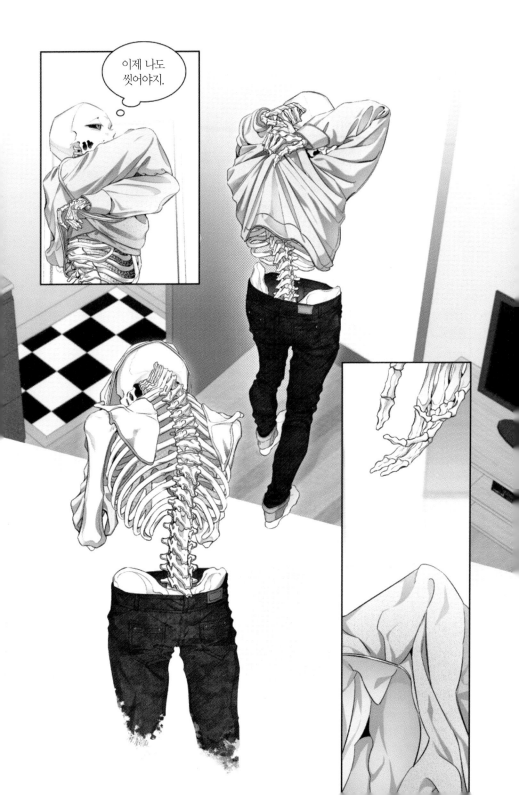

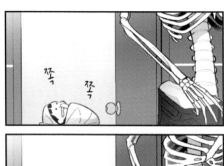

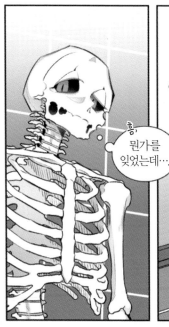
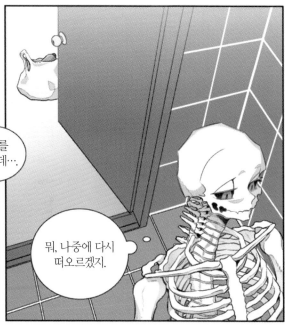

왜 전화를
안 받지?

씻고
있나?

정답
입니다.

으, 고양이
침 묻은 거 봐.

에이, 내가 도착할 때 즈음이면 다 씻었겠지.

파닥

파닥

그냥 가보자~.

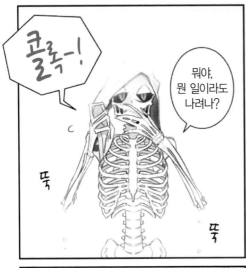

콜록~!

뭐야, 뭔 일이라도 나려나?

뚝

뚝

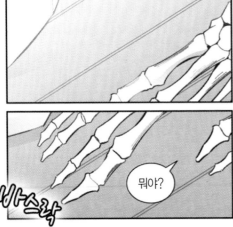

뭐야?

바스락

아니, 이걸 왜 아직 안 치우고….

펫토피아

아.

여긴

우리 집이
아니지.

집이었으면
잡동사니는…

하인들이 이미 다
정리해 뒀을 텐데.

이젠
내가 해야
한다니.

귀찮아…

바스락

펫토피아

맞아!

보습제—!!

매끈촉촉
윔보습제

매끈촉촉
윔보습제

우리 윔도 참 좋아해요!

윔윔이 기뻐 쫓아서
없던 다리도 생길 것
같다 WARM!

이걸 깜빡했었네!

어쩌지, 씻고 바로 바르라고 했는데…!

딸깍

늦은 거면 안 되는데.

쭈왁

나비, 가만있어!

으이잉~.

버둥

버둥

그냥 들어서 바르는 게—

낫겠다…!

덥석

찌리

끄으~ㄹ♡

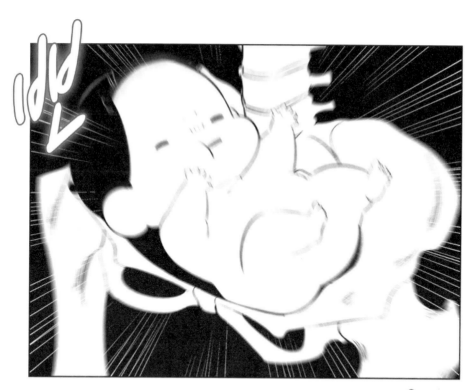

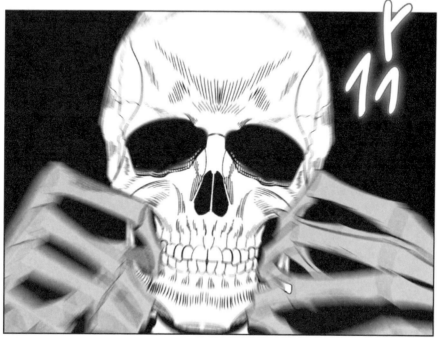

마치 그릇에
담긴 과일처럼

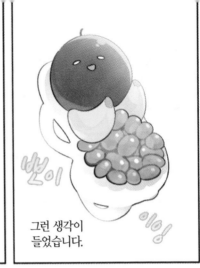

해골에게도 내장이란 게
있었다면 이랬을까?

그런 생각이
들었습니다.

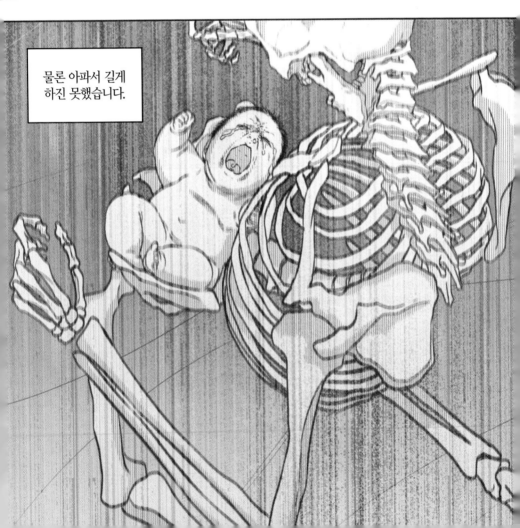

물론 아파서 길게
하진 못했습니다.

난생처음으로
치골결합이개를 겪은
해골이었습니다.

끼이이이야

으아아아
아아아악
!!!!!!!!!!

뼈 끊어지는
비명이네….

뼈….

해골이?!

해골아!

해골아~!

151

무슨 일이야?

끼야아아아아아
아아아아아아악
—!!!!!!!!!!!!

다소 충격적이라
가려보았습니다.

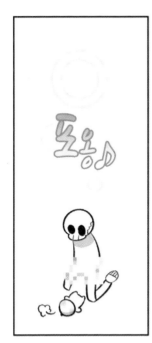

미리 발라둔
웜 크림이
아니었다면

그의 골반은
두 조각이
났을 겁니다.

고양이를
낳았구나….

축하해.

상상도
안 해봤어,
이런 거.

아니야,
그런 거….

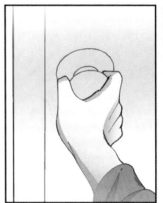

너희 아버님께 손주 보셨다고 연락드릴까?

그만 놀려, 너….

역시 망가졌네….

릴리, 문 잠갔어?

응.

여러모로 고맙다.
나비도 달래주고
아까 일도
수습해 주고….

아니야,
내가 한 게
뭐 있겠니.

부순 것밖엔…

웬일로
겸손하지?

너 그런 애
아니잖아.

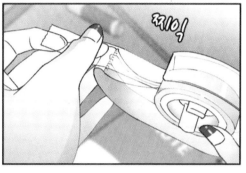

뭐 해?

현관문에
스카치 테이프
붙여두면 마음이
편해지더라고….

그래?

그러고 보니 왜 온 거야?

그거야 당연히—

탁

짝!

친구의 첫 출산을 축하해 주러 왔던 거지~!

농담. 그게 말이지…

옷은 내일 아침에 들고 갈게~ ^냡^

이게… 연달아 외박을 해?

들어오기만 해봐라!

루이, 누나가 옷 가져온대. 이제 그만 나오자.

왐마~
탈영을 한다고 해본다.
맞을 짓 허지 말랑께.

긴 다리 나뒀다
어따 쓰것어.
싸게 다녀올게.

니는 참말로
걱정도 팔자다잉,
안 들키믄 되제!

아따, 가지 말어야.
아침에 보급품 도착한당께.

나는 시방
풀뿌리라도
먹고자퍼
죽것당께.

끔벅대는 게
잠 오는갑네.
걱정하덜 말고
자빠져 자.

오메… 니
뒤져불라고
환장했냐.

뭔 놈의 오기를
고로코롬 부린디야?

가지 말어야!

가지 마!

이보게, 걱달이!!

혁―

혁―

오메, 가지 말랑께….

기어코 다녀왔는갑네….

163

으애앵~.

으애애앵~.

파닥

파닥

흐잉~.

으애애애앵~!!

포탁

이봐요,
101호.

고양이 좀 조용히 시켜요~~!!!!

토다다다다다당

시끄러워서 새벽 내내 한숨을 못 잤잖아~!!!!

주인집분, 비키세요.

고오오

어마맛, 102호 총각?!

제가 열겠습니다.

그럼, 부탁해도 될까?!

슈우우

그그그극

각자 송곳니 안 물게 조심해라.

아니 그렇게까진…. 여기 열쇠 있는데!

never give up!

척!

진작 주시지 않고.

아휴, 아무래도 본인이 직접 나오는 게 제일 좋으니까 그랬지.

사생활 침해잖아.

전 그냥 생활이 침해당했습니다.

그래도~ 두루두루… 어맛!

문고리가 왜 이런대?

파손이네요. 이걸 빌미로 쫓아내시죠.

아휴, 고치면 될 것 가지고 뭘 쫓아내기까지. 됐어요~.

어라… 무슨 테이프가…

저기~ 101호 학생 안에 있죠~?

으애애애앵—.

으애애애 애애애앵—.

으애애애
애애애애
애애애애
애애애앵ㅡ.

101호
학생이
죽었다
~!!!!!!

생활고 때문에
이런 극단적인
선택을…!

안 죽었어요….

잉잉잉
으앵앵~.

경찰
불러~
!!!!!!

아직
안 죽었다고요….

Episode 02 나비 마침

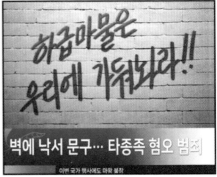

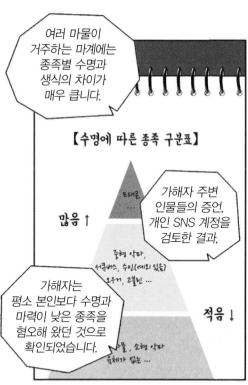

여러 마물이 거주하는 마계에는 종족별 수명과 생식의 차이가 매우 큽니다.

【수명에 따른 종족 구분표】

많음 ↑

티테르 ...

종혜 악마, 서큐버스, 수인(예외 있음) 오우거, 고블린 ...

적음 ↓

가해자 주변 인물들의 증언, 개인 SNS 계정을 검토한 결과,

가해자는 평소 본인보다 수명과 마력이 낮은 종족을 혐오해 왔던 것으로 확인되었습니다.

마물, 오러 악마 육체가 없는 ...

한마디로 얕잡아 봤단 말씀이시죠?

예, 근데 정작 본인보다 높은 급의 종족에겐 불만이 없었습니다.

웃기네요.

웃기죠?

끄덕

찰칵

종족 혐오 범죄의 가해자 연령이 대부분 150대인데, 이것도 관련이 있을까요?

찰칵

아무래도 그맘때 즈음 스스로에 대한 고찰이 많아지고

자아도취에 빠집니다.

호르몬을 주체하기가 어렵기도 하고요.

따라서 이런 현상을 해결코자 300년 전부터 운영되고 있는 기관이 있습니다.

어딜까요?

비대해진 자아[自我]를 제지[制止]하다. 합쳐서 자아제지[自我制止].

즉, 자제부입니다.

자제부로 넘어가면 가해자에겐 어떤 환경이 조성되나요?

'건강한 자의식! 건강한 가치관!'

자제부와 함께해요!

긴급전화 : 000

SNS에 헛소리는 이제 그만~ 당신의 흑역사 생성을 막아드립니다!

설명드리죠.

MBS 9시 뉴스

가장 먼저 가해자의 모든 SNS 계정 삭제.

본인의 언어 생활을 비디오로 되돌아보고 함께 시청한 동기들의 감상문 읽기.

팀 전원이 돌아가면서 두세 번 반복하면 효과가 보인다고 하네요.

내 파랑새! 얼굴 책!

참고로 계정 복원은 불가하고요.

오바;

헐ㅋㅋㅋ

감상문

아무도 나를 신경 쓰지 않는

아무도 나를...

아무도 나를 신경 쓰지 않는다.

크게!

그리고 기타 자아를 억누르는 교육들까지.

화악~

올바른 대화 핑퐁을 위한 여러 활동이 준비되어 있다고 합니다.

효과는 어떤가요?

간단하게 추려 말씀드리자면…

짧게는 3개월에서 길겐 1년까지, 개인 개화도 여부에 따라 담당의들이 퇴소 여부를 결정한다고 해요.

나오면 아주 얌전해 진다고들 하네요.

대체 왜 그랬지?

부끄럽고 창피해...

하하하하—.

사설이 길어졌네요. 이제 다음 소식 전해드리겠습니다.

새봄을 축하하는 연례 행사에 마왕은 작년에 이어 올해도 불참한다는 소식입니다.

오도독

어휴~ 새파란 분이 어디 아픈 데라도 있으신가?

출소자의 자서전도 있었죠, 《내가 그때 왜 그랬을까》라고…

파랑

내가 그때 왜 그랬을까

재작년 베스트셀러

사유는 업무로 인한 시간 부족일 것이라 추측하고 있…

쿡

하긴, 일하느라 바쁘신데 일일이 부르기도 그렇지~.

그래봤자 놀자고 여는 행사고 말이야.

그래도 일만 하지 마시고 좀 즐기셔야지, 어린 분이…

오독

연애는 해보셨나 몰라~?

외로워서 혼잣말이 많아지는 500대

오도독

이어서 다음 소식입니다. 청년 실업률이 오르고…

현 마왕 집권 이래 청년 실업률 최대치

에구~ 주변에 학생들이 많아서 그런지 영~ 남 일 같지가 않네…

흔들

그러고 보니 오늘이 102호 학생 면접 날이었지 참~.

잠도 설쳤을 텐데 잘 보고 오려나….

RRRR

달칵

여보세요?

응, 공주야~!

응, 애인이…? 어머!

화 악

그게 정말이니?

Episode

03

숙면

내 주인을
가—까이
하게 함은♪

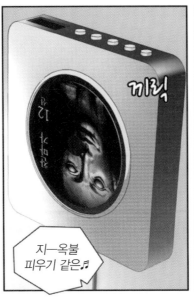

끼릭

끼릭

지—옥불
피우기 같은♬

고—생이나～♪

내— 일생
소—원은♬

온—정성
다—하여♪

후욱

마신님께 더
가까이 다가가길
앙망하나이다♬

후욱

후욱

왜 무게가
안 줄지;;

딩
동

누구세요?

저벅

저벅

툭

어라…?

문 열어~!

릴리!

덜컹

아침부터
웬일이야?

해골이는 왜 들고 왔어!

가벼워서.

그런 걸 물어본 게 아니야!

쫓겨났어…. 하루만.

헉.

쫓겨나? 아니 네가 누군 줄 알고…!

누구긴. 가출한 대학생이지.

후우

그리고 내가 잘못한 거라 별수 없어.

그러니까 미안한데 침대 좀 빌리자.

너무 졸려….

이것들 좀 내려놓게 문 앞에서 비키시지~.

너무 당당해…!

그래서 짜증 나.

왜 릴리네
집으로 안 가고?

흥

난 오늘은
안 돼. 엄마한테
혼나야 하거든.

응?

예약이야?

끄응…
야, 재워주면
그때 그 부탁
들어줄게.

무슨
부탁?

왜, 학기 초에
계속 따라다니면서
졸랐던 거.

톡

톡

그거 해,
그거.

177

들어와~.

여기에 눕히고….

누구야?

지금 누가 들어간 거야?

함께 볼 때 아름다운 꽃을 감히 어떤 녀석이 손을 대…!

아가씨, 아무리 좋아하신대도,

뿌긱

남의 집 안을 훔쳐보는 건 큰 범죄입니다.

집을 훔쳐보는 게 아니야…!

아담 사제님을 보는 거지…!

크으윽

같은 소리 잖습니까!!!

꿀꿀

우적

우적

달라! 이건 뭐냐, 60년 전 드라마에서 자주 등장하던—

뚱기뚱기당♪

뚱기당♪

동산에 앉아 피아노 치는 부잣집 소녀를 구경하는 소년 같은 거야!

더 순수한 느낌이지?

그래서 일부러 이렇게 뒷산으로 피크닉을 온 거라고! 알겠어?

그게 범죄예요.

순수는 개뿔

그럼, 그 소년은 뭔데?!

미화된 범죄자요.

그렇구나. 해선 안 될 짓이었어.

바로잡아줘서 고맙다. 역시 너희뿐이야.

아가씨~!

잘못을 인정할 줄 아시는 분~

쿵

깡!

제길! 감히 공영 방송에서 범죄 미화를 해?!

용서친 않겠단~.

이 자리에 계속 있는 것도 아담 사제님께 큰 실례니, 어서 자리를 옮기도록….

어? 둘이 뭐 하는데요?

뭘?

이연화.

종족은 오우거.

그리고—

150살.

한창 사고 칠 나이입니다.

이봐요, 지금 면접장에서 자는 겁니까?

예?

당신 머리들 말이에요!

아…, 죄송합니다.

쯧, 됐습니다. 왼쪽부터 시작하죠.

작은 것들까지 주렁주렁 달고 와선····

회사에 입사하면 직원으로서 마음가짐은 어떻게 할 겁니까?

네, 저는….

왼쪽, 왼쪽! 내 기준 왼쪽!

이렇게 말귀를 못 알아먹어서야, 바로 실무 투입 가능하겠어요?

하여간, 소형 마물들은 낄 데 안 낄 데 구별을 못 해…

다시 시작하세요.

네!

당 당

저는 이 마계 사회의 일원으로서—

모두가 각자의 지위와 알맞은 태도를 가져야 한다고 생각합니다.

척

따라서 사원은 사원으로서!

상사가 주신 업무를 언제나 제 최우선으로 삼을 것입니다!

좋아요, 다음!

계급주의 강하다…

전 마왕 때 귀족이었나?

…예상 못 한 질문이라, 다른 마물 대답에만 신경 쓰게 되네.

죄송합니다. 잠시 생각해 봐도 될까요?

슥

183

다음 질문으로
넘어가죠.

옆 지원자와
비교했을 때 본인이
더 낫다고 생각되는
점이 있다면….

아….

아까 실수했다고
답변할 기회도 안 주고
넘어가는 거야?

면접
어렵다….

어차피 망한 것
같은데…

그냥 일어서서
나가고 싶어.

창피하게
이게 뭐야…

이게 뭐냐고.

애인이 있으셨던 건가?

물론 그 미모에 없는 게 더 이상하지만….

연화 씨는 참 성실하신 분이에요~.

딱히 내가 상관할 입장도 아니지만….

제 친구들이 연화 씨를 반만이라도 닮으면 참 좋을 텐데~.

그런데도 뭘까 이 복잡한 감정… 질투? 시기?

아가씨, 진정하십쇼.

키스가 아닐 수도 있습니다!

각도 때문에 우연히 키스하는 것처럼 보여서 오해한 걸지도 몰라요!

게으른 작가의 진부한 클리쉐죠.

뻐득

부득

키스라니!

어른이 듣기에도
부끄럽잖아!

발라당
까진 녀석
같으니!

퍽

퍽

혼자 조조로 로코 영화
보러 갈 때부터 알아봤다!

크윽~!

어, 어쨌거나
아가씨…!

세기말에나
신선했을 법한 장치에
낚이셔선 안 됩니다!

저건 분명히 키—
뽀뽀하는 게
아닐 테니까요!

아우우···.

도대체 어떤 자세를 취해야 이 각도에서 저렇게 보이는데 ~~?!!!

파

아아

무슨 자세를 취해야 하냐고 ~~~~!!!

〈크로스 헤드〉

〈씨름 샅바 잡기〉

아가씨~!

흥분하지 마세요~!!

〈춤샤워〉

야

맛있다.

감상은?

벽에 입술을 박은 것 같아.

실망스러워.

내가 그럴 거라고 했잖아.

그래도 이걸로 궁금증은 해소됐어!

스켈레톤과 뽀뽀하는 건 너무 딱딱해!

그냥 벽에 입술 박으라고 천 번 말했다.

미안, 안 해본 마물 말은 신빙성이 떨어져서 그만!

크으~!

해봤지, 학기 초에!

네가 하도 그러니까 괜히 나까지 궁금해지지 뭐야~.

릴리야 친구였으니까.

우린 별로 친하지도 않았잖아?

뭐야, 나보다 빨라····.

역시 쫓아낼래!

왜 이래, 베스트 프렌드.

한편, 연화

그래, 뽀뽀가 아니었다고 치자.

그렇다고 연인이 아니란 법 있어?

아가씨….

알아! 아담 사제님이 연애하시는 데 내가 참견할 바 아니지만!

알고는 계셔서 다행이다….

내가 바라만 보는 꽃을 누군가는 가질 수 있다니 부럽고…

나도 갖고 싶고…

나도….

I WANT YOU~!!

아가씨~!!

주체할 수 없는 호르몬

자, 그럼 침대에 눕는 거 봤으니까 난 이만 가볼게.

더 놀다 가지?

아냐, 늦게 갈수록 엄마한테 더 혼나.

갈게~.

Bye~

탁

탁

저기!

차악

실례합니다!

탁

질문이 있는데요…!

여기 주민 아니에요~!

자, 잠시만요!;;

히이익.

시야 점멸

주, 중요한 일입니다. (나에게)

제발 대답을…

삥오옹~

부탁드려요….

스륵

…알았어.

내 동생만 하네….

감사합니다!

여긴 듣는 귀가 많으니 자리를 옮기죠!

침대에 눕자마자 잠들었네….

얼마나
피곤했으면…

색
색

그러니까
기회는
지금뿐이야!

찰칵

헉, 해골이
얼굴이 나비한테
다 가려지잖아?

* + *
+
* *

완전 호빵 같다.

화질도
나빠.

고양이가 안 나오게
찍으려면 역시 가까이
다가갈 수밖에 없나?

들킬까 봐
겁나는데…

피융

피융

괜찮겠지?
숨소리도 그렇고
깊게 잠든 것
같으니까…

슥

마계의
마물들은

때때로 단순하게
본인의 신체와 행동만을
기준 삼아 사고하는 실수를
저지르곤 하는데—.

아담은
도촬이란 범죄를
저지른단 사실에
긴장한 나머지

코 고는 소리가
해골의 것일 리
없다는 걸

갈 곳을 잃은 눈~.

필터라도
깔아줄까?

찰칵~♪

미처 떠올리지
못했습니다.

야.

사진 찍냐?

싸

허우적

나….

나비랑 낮잠
자는 모습이 귀여워서~.
나중에 보내주려고.

아, 그런
거였어?

뚝

뚝

흐, 흔들려서 그러는데
한 장만 더 찍을게.

맘대로
해라.

겨우 나비 없이
찍었는데….

찰칵

이 사진만 남겨두고,
나머진 전송하자마자
전부 지워버리자.

그럼 완전 범죄…

야.

너 왜—

색

쯩

카메라
소리를
켜두냐?

시끄럽게….
조용히 찍어.

소리가
나야 찍힌 거
아닌가?

150년 전부터
그래왔던 게….

…순돌 할배가
너보다 낫겠다.

195

엄마, 저 올해에 결혼하려고요.

정말? 잘됐네, 아가~.

지금 집에 있는 제 짐은 이번에 내려가면 아예 다 정리해 버릴게요.

다시 돌아가진 않을 레니까~.

응응, 그래야겠네.

뒤적

오, 슈퍼 래빗!

드디어 방을 정리하는 날이 왔구나.

뒤적

으앵~.

으애앵~.

으애애애앵~!

으잉잉 으앵앵~~!

울든지 말든지…

네 맘대로 해라…

빠악!!

자꾸 달래주면 버릇 들어.

하는 행동 보면 나비가 갑이고

내가―

을~~!!!

으

으아아아악~!!!

무슨 일이야?!

아빠! 아빠!

아버님께 전화드려?!

타 닥

데굴

데굴

아니!!

4시간마다 꼬박꼬박
밥을 줬다고, 네가?

새벽까지?

그래.

쪽
쪽

게으른 네가
잠도 안 자면서까지
누굴 챙기다니…

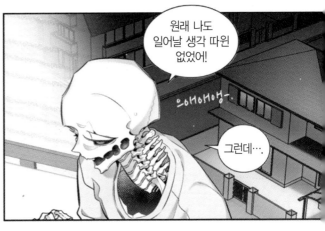

원래 나도
일어날 생각 따윈
없었어!

으애애앵~

그런데…

으애애앵~

흐암

윽…
오밤중에
뭐야…?

몰라, 졸려.
내버려두면
알아서 다시
자겠지.

핑

스~

흠칫

으~

시끄러워.

술이
다 깨잖아.

처리해.

으애애앵ㅡ.

쓰담

쓰담

쓰담

쓰담

으애애앵ㅡ.

우유?

우웅!

그렇게 된다니까?

의사가 일어나게 될 거라더니…

쪽

쪽

다 먹었어?

어라, 왜 먹다 말지?

멈칫

인제 그만 먹을 거야?

쉬이이

다리 뼈가 따뜻해.

뭐지?

축축

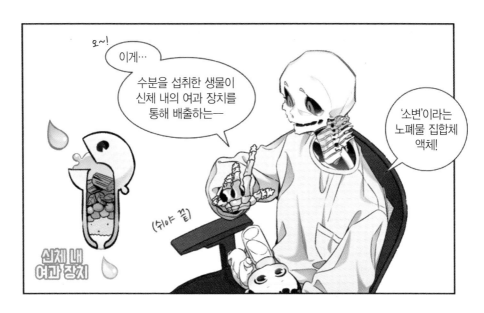

오~!

이게…

수분을 섭취한 생물이 신체 내의 여과 장치를 통해 배출하는—

'소변'이라는 노폐물 집합체 액체!

신체 내 여과 장치

(쉬야 끝)

더러워서 미치겠군.

생각해 보니까 모레 화장실도 안 가봤네····

냄새나···

삘떡

리, 릴리 또 깼어?

지린내!

나비가 방금 소변을 배출해서…

쪽

쪽

뭐야, 쉬야 했구나!

그렇게도 말해?

응!

푸덕

203

그리고 이런 냄새 잡는 데 효과적인 게 있지!

오오!

테킬라~!

맞아, 저번에 TV에서 봤어. 알코올이…

푸하ー!

음, 좋다, 좋다~♪

냄새고 뭐고 하나도 안 나네~.

나는 간이 없어서 마셔봤자 취하지도 못 하는데.

혼자서 뒷정리 하느라 얼마나….

쉬이~

나비 또 오줌 싼다.

윽.

바삭

조용한 공원에서 쉬면서 스트레스도 좀 풀고….

바삭

생활비가 얼마나 남았더라?

…아냐, 그런 거 생각하지 말자.

바삭

단도직입적으로 질문드릴게요!

꿀꺽 꿀꺽

혹시 아담 사제님과 교제하고 계십니까?!

주르륵-

대체 뭘 근거로 그렇게 묻는 거야?

어, 어쩌다 우연히 함께 계신 걸 보고…

우연은 무슨… 미행이라도 했어?

스토킹은 어리다고 봐줄 수 없는 심각한 범죄란 거 알아?

봐주다니, 뭘?

난 길가다 우연히 본 거라니까!

내가 보기엔 넌 그냥 범죄자야~!

WE NEED YOU

빨리 좀 물어, 나 얼른 집에 가야 해!

그, 그게….

아까 창문 너머로 봤는데요.

혹시 아담 사제님이랑 뽀뽀하신 거예요?

빨리 좀 물어보라니까!

인내심의 한계

스스로 본인의 죄를 자백하고

자제부로 끌려가는 것 뿐이었습니다.

아무리 열심히 고민해 봐도

01 다음 중 알맞은 질문은? (3점)

A
아담 사제님과 사귀세요?

B
아담 사제님과 뽀뽀하셨나요?

C
왜 아담 사제님 집에서 나오셨어요?

예상 답변
뭘 봤길래 그런 걸 묻니?

아랑 대답
당신들을 몰래 훔쳐봤어요.

학생은 커닝이 좀 부족한 것 같아요~ ^^

결국 모든 시뮬레이션의 결말은—

15분 전으로 돌아갈 수만 있다면 천사한테 영혼이라도 팔겠어…!

한적한 곳에서 쉬고 싶었는데…

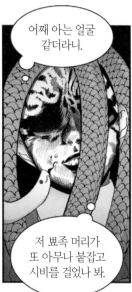

어째 아는 얼굴 같더라니.

저 뾰족 머리가 또 아무나 붙잡고 시비를 걸었나 봐.

보나 마나 소란스러울 게 뻔해.

제발 이 싱그러운 공원에 어울리지 않는 모든 게 어서 사라져줬으면…

사아아아

우선 본인부터 사라져야 합니다.

하기야 쟤도 옆에 항상 알아서 수습해 주는 마물이 있으니까,

그거 믿고 맨날 사고 치는 거겠지?

그 사제놈 이라든가.

하는 짓이 내 동생이랑 똑—같구먼.

그러고 보니 자식,

간간이 문자 보내라니까 왜 한 달 넘게 연락이 없어?

아가씨~!

신발도 안 신고 가시면 어떡해요!

끌려갈 거야····

호, 혹시 저희 아가씨께서 무례한 질문을 드린 건···?

표정을 보니····

10분째 아무 말도 안 하는데요.

다행이다···.

뭐요?

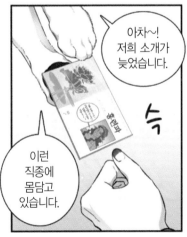

아차~! 저희 소개가 늦었습니다.

이런 직종에 몸담고 있습니다.

약간 거친 직업군이죠?

홍련파

그냥 마물관계 정리하는 회사라고 보시면 편해요.

저희끼리야 종종 장난으로 멱살도 잡지만, 일반 마물분이 느끼시기엔 많이 무서우셨을 텐테―.

아뇨, 전혀….

아량도 넓으시지!

어쩌죠, 저희 아가씨께서 연약한 민간인을 위협해서….

덜덜

위협…?

아직 어린분이라 세상 물정에 어두우십니다. 부디 양해를….

연약…?

야, 반대로 신세 드렸잖아….

대신, 언젠가 저희 업체에서 해결해 드릴 수 있는 일이 생긴다면―

바로 불러주십쇼!

대가 없이 물심양면으로 돕겠습니다.

옷이
이거 말곤
없냐?

사제한테
뭘 바라.

너 작년엔
이것저것
많았잖아?

세례 받고
다 버렸지~.

그나마
그 셔츠도 교회
사무보조 할 때만
입는 거고.

버려, 버려.

전부
세속적이야!

나머진
사제복뿐인데
그게 더 낫다면야…

그래, 이쪽이
하나하나
따질 입장은
아니지.

끼이웅ㅡ.

?

힐끔

나비 너
그렇게 좀
울지 마!

히잉~.

다들
쳐다보잖아!

누가
학대라도
했냐? 어?

으앵…

칭얼

으으…!

키울

애당초 데려오질 말았어야 했는지도 몰라.

성큼

이 녀석이 아픈 만큼 내 생활비는 반으로 줄고.

밤낮 안 가리고 시끄럽게 울어대니 어딜 가든 민폐 신세.

…대체 왜 이런 성가신 고양이가 온 거야?

난 분명 건강한 성묘를 주문했었다고.

성큼

그중에서도 우아하고 얌전하다는 페르시안 종을—!

후우

덜컹

덜컹

짜증 나···.

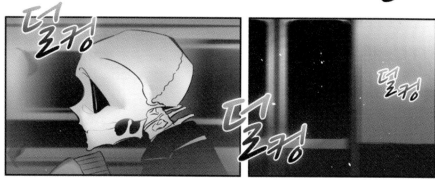

익숙한 표정

어, 안 돼.

우는 거 아니야~.

아니야…!

쩌저렁

으애애애애애애 애애애애애앵~!!!

쩌저렁

창피해 죽겠네~~!

애기인가?

애기 아냐~.

지나가면서 봤는데 기니피그더라!

새 파견꾼을
보내라.

만약 진실로
이 모습과 다른
점이 없다면—

정녕 그렇다면
억지로 데려와도
좋아.

잘그락

네,
주인님.

마침 제가—

생각해 둔 묘책이
있습니다.

전적으로
맡겨만
주신다면─

알아서
전부
처리하죠.

꿈벅

아니지…
아직 억지로는
아냐.

더 좋은
그림을 원해.
상태부터
확인하도록.

그렇지만, 으.

…물론입니다.
명령하신 대로 먼저
도련님의 안위를
살피죠.

휙

윤질

…아직은 여유가
있으니까.

223

도련님을 모셔오겠습니다.

제기랄.

와작

귀엽잖게
털도 없고
귀찮기만 한
짐승한테,

왜
이렇게까지
맞추게 되는
거냐고….

멀쩡한
방 놔두고…,

왜 추운 데서
이래야 해?

아무래도
사랑하나 봐.

반어법

연이은 국가 일정
불참 소식으로

이후 일정에서의
마왕 참석 여부가
묘연해진 가운데,
관련 사항 문의 결과—

바로 이어지는
연례 행사에는 참석 여부를
긍정적으로 검토 중이라는
답변을 전달받았습니다.

별…

벌써 두 번이나
빠진 거야?

됐어, 안 돌아가.
시간 지나면
포기하겠지.

저벽

저벽

101호 학생~
안에 있죠~?

집주인분…!

죄송합니다.
문은 최대한
빨리 고칠게요!

아냐, 아냐.
그것 때문에 온 건
아니고~.

우리 아기들 물건
정리하다가, 학생들
주면 요긴하겠다
싶은 게 있어서~.

작은
담요네요?

저야
애완동물 이불로
쓰면 되지만….

이걸
옆집에도…?

평범한
담요가 아니라,
'수면 담요'!

228

아주 소량의 마력만 넣어줘도
불안감이나 잔 생각이 사라져서
잠이 솔솔 오게 해주는 물건이에요.

아기 키우는 집에선
많이 쓰지~.

신기하네요.

학생네 고양이 덕에
우리 전부 잠 설쳤잖아.
이걸 쓰면 그런 일 없을 거야~.

원래
고양이들도
그렇고,

새끼들은 부모 곁 떠나서
새로운 장소에 혼자 있으면
늘 긴장하고 날이 서있거든.

띠딩♪

미등록 번호

형, 미안!
폰이 맹가져서
한동안 연락을
못 했네.

그리고 102호 학생이
아침에 약간 까칠했죠?

229

오늘 중요한 면접 날인데
잠을 못 잤으니 오죽하겠어.

너무 서운하게 생각 말고
이웃끼리 잘 지내줘요~.

그럴게요.

그래, 맞아. 내 잘못이니까
다음에 제대로 사과드려야지.

뭐야?

소악마 같고
나름 귀엽잖아?

띵♪

칭찬입니다.

요 쬐끄만 게
하품도 해?

확실히…
잘 자니까

뭐야, 이렇게
늦은 시간에
연락을….

해골 씨~
잠깐 메일 좀
확인해 줘요.

캑.

서두에 사과
한마디 없다니.

정말이지,
고양잇과 수인이
아니었으면
어쩔 뻔했어?

예의 없어도
귀여우니까 OK!

메일로 뭔가
보낸 모양이지?

츄

나비
생활 양식 정리 표

―뭐야?

정성이
대단한걸?

무진장
게으른 마물인 줄
알았더니….

역시 고양이가
최고야!

여러 의미로~.

나비
생활 양식
정리 표

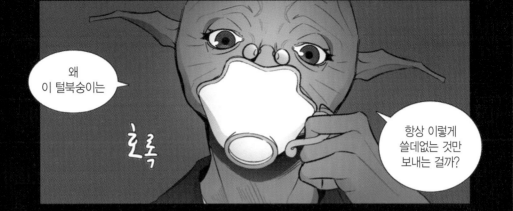

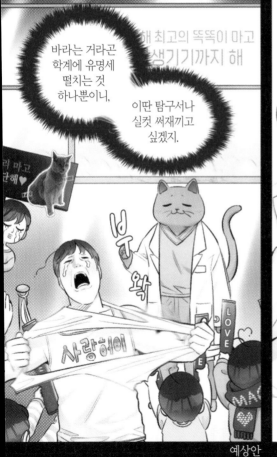

예상안

233

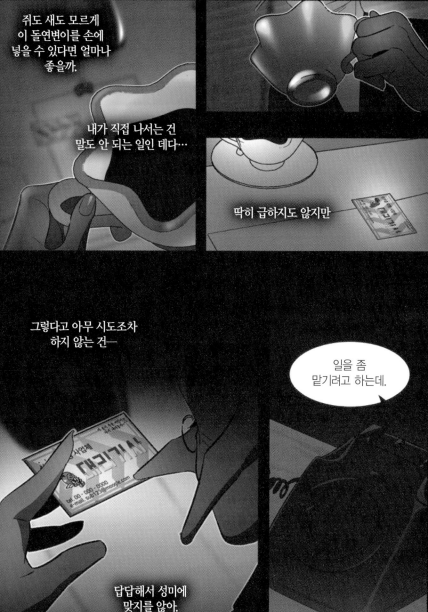

쥐도 새도 모르게
이 돌연변이를 손에
넣을 수 있다면 얼마나
좋을까.

내가 직접 나서는 건
말도 안 되는 일인 데다…

딱히 급하지도 않지만

그렇다고 아무 시도조차
하지 않는 건—

일을 좀
맡기려고 하는데.

답답해서 성미에
맞지를 않아.

235

보내기 　미리보기 　임시저장

받는 마물　sub123@moogle.com
첨부 파일　털 없는 돼지

내게 데려오는 겁니다.

Episode 03 숙면 마침

주인이 따로 배변 훈련 안 시켜도,

고양이들은 부모가 가르친다고 인터넷에서 봤는데….

그런 것도 못 배우고 왔을 정도로 네가 애기야?

응?

끄응~….

자!

일단 마트에 가서 그 기저귀란 걸 사오자.

웅~.

장난감은 고민해 볼게.

어둠마트

새生활용품 50% SALE

오늘은 가볍게~ 카트나 훔쳐볼까?

대형마트 전문 도난범

점원으로 위장도 했으니 정리하는 척!

물건 들고 잽싸게 튀자.

저기요~.

손님인가? 못 들은 척 해야겠다.

무엇이든 물어보세요

저기요!

ㅌ윽

거 끈질긴 양반일세!

부릅!

안녕하세요, 직원분.

이런 마트가 태어나 처음이라 다소 실례지만

도움 좀 받을 수 있을까요?

Episode

04

생필품

나름 희귀 종족

*문어는 색맹에 시야도 2미터 남짓.

예? 물건이 이렇게 큰데요?

억.

2 다리용
150매

이, 이렇게까지 많이는 필요 없는데.

그냥 시험 삼아 써 보려는 거라.

한두 장만 포장된 상품은 없어요?

보름이면 이거 다 쓰실 텐데…?

하루 열 장씩 불택홀처럼.

그렇게 빨리요?!

너 그렇게 자주 쌀 거야?

이잉.

그래, 기저귓값 장난 아니지!

으이구~ 애만 없었어도 나도 이런 일까진 안 하는 건데….

뻥.

이제 여기에 백 원 넣으세요.

훔칠 물건 하나 줄었다.

백 원은 왜요?

왜긴요, 훔쳐 가지 말란 보증금이죠.

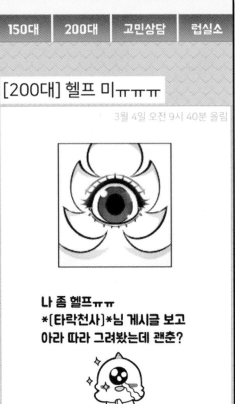

[200대] 헬프 미ㅠㅠㅠ

3월 4일 오전 9시 40분 올림

나 좀 헬프ㅠㅠ
*[타락천사]*님 게시글 보고
아라 따라 그려봤는데 괜춘?

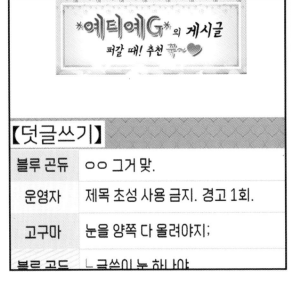

*예딕예G*의 게시글
퍼갈 때! 추천 꾹~♥

【덧글쓰기】

블루 곤듀	○○ 그거 맞.
운영자	제목 초성 사용 금지. 경고 1회.
고구마	눈을 양쪽 다 올려야지;
블루 곤듀	ㄴ 글쓴이 누 하ㅏ냐

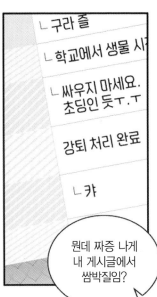

ㄴ 구라 즐

ㄴ 학교에서 생물 시

ㄴ 싸우지 마세요.
초딩인 듯ㅜ.ㅜ

강퇴 처리 완료

ㄴ 캬

뭔데 짜증 나게
내 게시글에서
쌈박질임?

왜 혼자 스트레스를 받아? 하지 마, 그럼!

싫은데? 열심히 해가꼬 꼭 세련된 도시 여자 될 기다!

너 말야…

또 사투리 튀어나왔다♡

읍식!
도시 여자 필링♪

저 왔습다~.

어소셈~.

참, 어제 본 면접 어떻게 됨?

말도 마요~.

끄으윽…

분위기 좋았는데, 웬 소마물 하나가 재를 뿌리잖아요!

249

우리 면접 조 전체가 그 녀석 하나 때문에 타격을 입었다고요.

워~ 워, 스탑.

거~ 새끼, 핑계도 좋지.

너 혼자만 똑 떨어진 건 아니고?

에~이C, 어깨가 더 붙어야 하는데 말이쥐.

아니거든요?!

구라 치지 마, 넌 필기도 턱걸이로 겨우 합격해서 면접 본 거잖아!

괜히 남 탓 말고 솔직하게 불어, 인마~.

실화? 레알?

아~! 아니라니깐~!!

ㅋㅋㅋ

메일함도 확인 안 하는 게으른 분이 저한테 그러시면 속상하죠.

새로운 일 들어왔던데, 예지 누나는 봤어요?

당근~ 의뢰인한테 전화받은 게 누군데ㅋ.

아줌마더라.

뭐 부탁하디?

동물 납치.

마물, 아니면~ 사진 있어?

기달, 보여줌.

Am I Beautiful?

야, 나부터 봐봐.

근육 잘 올라옴?

뿌우

오빠야~! 링 위에서 단추 다 올리고 내려오라고 여러 번 얘기했잖음~?!

걸치기만 하지 말고!

내사 마 꼴 뵈기 싫다 했나, 안 했나!

민둥민둥 해가지고.

ㅈ人 ㅈ人~.

가시내야, 사투리♡

웁스.

나는 도시 마물이다. 나는 도시 마물이다.

원석 씨, 암만 친해도 지킬 건 지킵시다.

쫙욱~

네이, 네이.

맞아요, 형. 저희 눈도 생각해 주십셔.

인간계 쪽에서
사는….

그 뭐냐, 분명
본 적 있는데.

에이~C!
뭐가 떠오르려다 말았네,
뇌세포만 뒈진 기분이야.

안 그래도
적은데.

톡

에휴, 오빠한테
뭘 기대하겠음.

뭐야?!

첨부 파일　털 없는 돼지

돼지…?

그래, 맞아,
돼지! 인간계
돼지!

그거다,
응?

이욜~!

내가 아는
돼지랑은 뭔가
다른데…?

이게 돼지임?
완전 처음 봄.

엑, 뭐야!
예지 누나 돼지
못 봤어요?

킬킬킬.

집에 컴퓨터 있는
마물은 너뿐이었잖냐.

으~ 촌스러워! 학교 도서관에 컴퓨터 있었을 거 아녜요.

지금 나랑 현피각?

이크~ 죄송요.

짱 뜰 거면 조용하게 싸워라~.

뒤적

문 대리님한테 전화할 거니까.

미등록 번호
000-0000-0000

보고하고 출발하자.

이건 유아용 시트인데요.

뻑뻑

뻑

이렇게 펼쳐서—

요 위에 앉히시면 돼요.

이잉?

슥

편리하네요!

훔쳐 가는 이유를 알겠어요.

따, 딱히 그런 이유로는…

유아차가 있으니.

오늘 도와주셔서 감사합니다. 많은 도움이 됐어요.

쓰담

별말씀을요~. 고객님을 도와드리는 게 제 직업인 걸요.

그럼 남은 시간 즐거운 쇼핑 되세요, 고객님~!

무엇이든 물어보세요

여담이지만 스켈레톤을 뵈어서 신기하기도 했고…

키득

키득

너둠마트

저도 좋은 경험 했네요~.

미등록 번호
000-0000-0000

안녕하십니까,
당신의 친절한 친구
대리기사입니다~!

문 대리님!
일하는 중이십니까.

새로운 일이
굴러 들어와서
연락드렸지
말입니다~.

잘하자.

YES.

너 인마,
대포폰 쓸 땐
바로 누군지
말하랬지!

으하하,
안내용 멘트
괜히 치셨네~!

입 아프게스리.

접때 넘겨준
물건들은 다
처리했고?

257

마물 아녜요. 애완동물인데.

아, 그럼 괜찮네. 신상 읊어봐라.

저… 그게 의뢰자가 어림잡은 위치랑 사진밖에 안 보냈어요.

뭐?

예상 지역은 저희 회사 있는 동네고.

…
일단 돼지라고는 적혀있거든요?

후비적

요즘 특이한 동물 키우기가 유행인가?

그냥 농장 가서 널린 돼지 한 마리 잡아다 드려, 그럼.

어둠마트

안 돼요, 사진 보면 좀 특이하게 생겼어요. 그래서 의뢰한 모양인데.

아오~ 정말 단서가 그것 말곤 아무것도 없어?

아~ 하나 더 있어요.

주인이 스켈레톤이래요!

멈칫

전 지방 출신이라 스켈레톤 같은 마물은 본 적이 없는데….

도시에는 많이 있나 보죠?

아니… 도시에도 없는데….

혹시 그거ㅡ

판다가 아니었나?

돼지인지는
모르겠는데….

아까 전에
스켈레톤이 동물
데리고 있는 걸
보긴 했거든?

엑,
어디서요?

어둠마트.
어디 가기 전에
당장 튀어와!

애완동물

'신기'? 그런 표현을
같은 마물한테 함부로
사용해도 되나?

별달리 재주를
보여준 것도 아니고.

얼굴 좀 본 거 갖고
신기해하다니.

툭

동물원에 처박아놓은
'멸종보호종'이라도
된 기분이야….

학교에서 타종족 차별에
대한 수업을 안 들었나?

그렇지 않고서야
어떻게 저렇게
툭툭….

삐익

꾸엑.

뭐야, 너 그거
언제 집어들었어?

언제 여기까지
걸어왔지?

이이잉!

흔들

흔들

꾸욱

이리 줘, 내려놓자.

쑥

뀨‥‥ㅇ

잉.

뱀…

뀨우‥‥

그러고 보니 옆집에 사과를 드려야 하는데.

말로만 하긴 좀 그렇고, 따로 선물을 사자니 이번 달 생활비가….

휙

SALE

아.

세일하는 것 중에서 구매하면 되겠군.

남들은 이럴 때 뭘 사지?

요 쬐깐한 게 보이는 대로 막 집네!

이히~.

인형 더러워져.

내려놓게 이리 내!

!

263

그…

그래, 그게 맘에 든단 말이지?

세일 코너 제품이니까… 사줄까…?

'아마 괜찮지 않을까?' 인형

50,000 ₩

→ 45,000 ₩

내려놔.

꽈악

히이이이잉~.

으이이이잉~~.

울그락

불그락

터진다ㅡ!

그래, 어차피 장난감 사주려고 했으니까….

앞으론 이렇게 떼쓰지 마!

뒤적

릴리
00-000-0000

슥

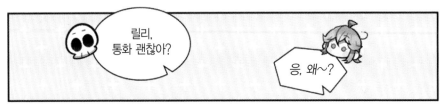

릴리, 통화 괜찮아?

응, 왜~?

좋아, 학생. 선물 목적은?

사과.

선물을 사려고 하는데, 이런 거 구매해 본 적이 없어서.

네가 내 서민 생활 선생님이니까 좀 도와줘.

옆집에 폐를 끼쳤으니 선물하려고.

그렇단 말이지?

먹을 게 제일 무난하지 않으려나?

두루마리 휴지는 어때.

그 마시멜로처럼 생긴 거?

응, 궁둥이용 마시멜로.

깜짝

뭐야, 누나 아직도 벌 서?

양 많다. 이거 그렇게 많이씩 써?

넌 안 써서 모르겠구나!

응.

맞다. 종족마다 안 쓰는 물건도 있는데 그건 생각도 안 했네~.

옆집에 무슨 마물 살았지?

어제 기억이 안 나~.

외박 자제

뱀 수인.

뚜-

일단은
데려가 보자고.

세상에 확실한 건 없다지만

아마 괜찮지 않을까~ ♪

마계 어린이를 위한
BESTSELLER

어릴 적에 읽던
책이랑 제목이
똑같잖아?

왜 이렇게
싸돌아다녀?!
마트 견학 왔나?

원숭이 훈련시켜서
서커스단이라도
내보낼래, 엉?

헉

헉

그, 그게, 저 허연 뼈다귀가 가만히 있지를…

됐어, 새꺄! 딱 봐도 책에 정신 팔렸으니까 지금 다녀와.

음, 이건 개정판이구나.

분명 서재에 있던 책은 가죽 표지의 양장본이었지.

인간은 위험함으로 발견시 즉시 신고

해당 동물 및 신고 전화:000

달라진 내용은 없나?

본 저서의 서술 취지는 다음과 같다.

첫째, 역사학적 가치를 위한 분단 이전 마계와 인간계의 생활상 기록.

둘째, 이후 국내 연구를 위한 시각 자료 보관.

또한 본 개정판을 통해 어린 독자가 역사에 흥미를 느낄 수 있기를 기대하는 바이다.

제1장
식[食]

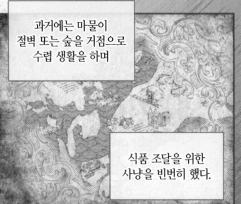

과거에는 마물이
절벽 또는 숲을 거점으로
수렵 생활을 하며

식품 조달을 위한
사냥을 빈번히 했다.

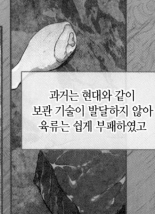

과거는 현대와 같이
보관 기술이 발달하지 않아
육류는 쉽게 부패하였고

균에 대한
정보도 미비하여

식중독으로 인한
마을 단위의 괴사가
빈번히 발생했다.

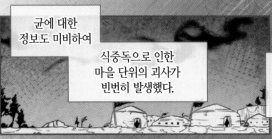

이와 더불어
야생 가축이었던 인간의 위협으로
마물의 숫자는 폭넓게 하락한다.

<사례 1> 인간 군집이
마물 마을에 잠입하여
마물을 해한다.

개나 고양이와 달리
위험하기 때문에

현재 마계에서는
인간을 발견할 시 즉시
사살할 것을 강력 권고한다.

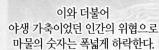

다만 육류로써는
독특한 향과 더불어
찰기 있는 식감을
자랑하여

섭취 경험이 있는
마물들은 그 맛을
무척이나 그리워한다.

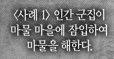

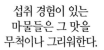

"무슨 수를 써서라도 한 번 더 맛보고 싶다."
참전 유공자 모임회에서 만난 어르신

'참전자'라…
내 주변에선
순돌 할배뿐인가?

요즘 애들도
이런 책 읽으면
인간이란 종족이
궁금하겠지?

나만 해도 어릴 때
어떻게든 인간을
보고 싶어서

하루 종일
바깥을 돌아다녔다가
혼났던 기억이
있는데.

일주일간
근신하시라는
주인님의
명령입니다.

도련님도 참,
인간 따위가
마계에 있을 리
없잖습니까!

쏴아

응,
그래….

하기사
맛있으면서

위험한 것.

애들 흥미
끌기엔 딱이지.

사실 나도 기회만 되면
먹어보고 싶어.

맛있겠지?

인간.

요즘은 마력이
부족해서 그런가
먹을 게 당겨.

잉!

떡

이크.

응?

나비!

왜 던지고 그래?

심심한가.

자꾸 성가시게 굴면—

쿵

확 아담한테 보내버린다?

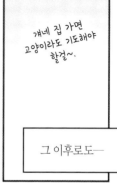

걔네 집 가면 고양이라도 기도해야 할걸~.

그 이후로도—

과일 바구니는
들고 가기
좀 무거운데.

잉!

휴지는 너무
생필품인가?

잉냐.

야!

모조리
실패했습니다.

뒷통수에
눈 달린 마물도
아닌데 왜 이렇게
눈치를 채대는지…!

저 판다인지
돼지인지 완전
관심종자임.

잠깐만,
문자 왔다.

Number 1

Number 1

방금 일 끝났다.
아직 하고 있으면
도와줄게.

문 대리님
끼신단다.

적당히
묵직한걸…

이걸로
살까?

고객님~.

멀리서 봤는데
조금 곤란하신 것
같아서요~.

친절은
하시네…

아….

무엇이든
물어보세요

프라이팬
고르시게요?

네.

제가
도와드릴게요~.

지금 들고 계신
제품은 코팅이 약해서
오래 사용하시기 어려워요~.

오히려
이쪽 브랜드가
가격 대비 내구성이~.

그리고
이 제품도….

무엇이든
물어보세요

주인하고 떨어지면
소리 낼까 봐 걱정했는데.

조용하네.
다행이야.

픽

인형이
떨어졌….

새꺄, 그딴 거
줍지 말고 빨리
오기나 해!

예에, 예.

아직 결제도 안 한 인형

이잉…

힉!

조용히 해!
들키면 어쩔 건데?

흐잉…

…갑자기 얼굴이
왜 이래?

히익, 힉, 끅!

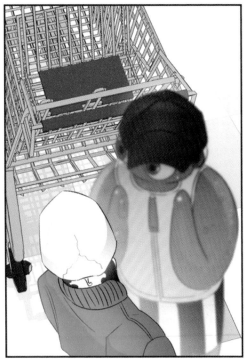

283

미쳤냐,
내가 멈추게?

스켈레톤이라는 걸
알고 안심했었지.

손님~
왜 그러세요?

어떤 종족인지
할머니께 들은 적이
있으니까….

우리처럼
산 위에 무리 지어
사는데—

절벽 밑으로는 절대
내려오지 않는단다.

왜요? 우리랑 달리
날개가 없나요?

그럼 올라갈 땐
어떻게 하죠?

원, 녀석!
상상력하곤….
그런 이유보단—

스켈레톤은 누군가의 마력을 쪼개어서

불어넣지 않는 한 탄생할 수 없는 마물이야.

나누어 받은 마력이 커봤자 얼마나 크겠니!

생명 유지가 고작이지. 최하위 마법조차 제대로 사용하질 못한단다.

하지만 왜요? 많이 나눠줄 수도 있지!

허허~ 우리 손주가 이렇게 어렸구먼.

마력을 주입하면 움직여요!

너 이 할미가 사다 준 군사 인형 가지고 놀 적에

네 마력을 반절이라도 쏟아 부은 적이 있느냐?

아깝게 제가 왜요?!

옳지 그래, 바로 그거다.

부들부들

그게 바로 부활체 마물이 강할 수 없는 이유지!

개중에서도 그 개뻑다귀들은 말이다.

싸움까지 갈 필요도 없어.

다른 종족의 심기라도 거슬렀다간 그대로 멸족일 게다.

일부러 제 발로 그 높은 곳까지 올라가 세상과 단절한 게야.

마법도 못 쓰는 녀석들로선 최선의 선택이지!

하지만 할머니.

방금

멈추라고

부탁을 드렸잖아요.

저 녀석은 대체 뭐죠?

손님…?

세상에, 어떡하지?
큰일이네요!

제가 달려가서
도움을 줄 만한 마물들을
데려오겠습니다~!

조금씩 움직인다!

그럼 그렇지, 주인 마력이나 쪼개 받아서 살아가는 하찮은 마물 주제에―!

그런 고급 마법을 제대로 구사할 수 있을 리가 없잖아!

제 주인이 쓰는 걸 보고 따라 했나 본데.

멍청하긴, 분수에 안 맞는 마력 지출을 했다간 죽는 걸 몰라?

풀린다, 풀린다…!

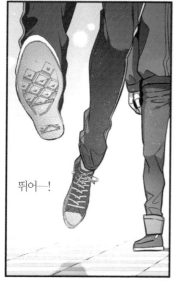

뛰어―!

됐다!!

에휴, 이걸 내가 들어야 함?

어쩌겠냐, 맛이 간걸.

뭐, 그나마 저 녀석도 같이 갔으니 잘됐지.

이건 내가 들게.

으아아앙—.

으애앵—.

2권으로 계속

- **키:** 178cm
- **무게:** 9kg
- **MBTI:** ISTJ
- **취미:** 책 읽기(전자도서 포함)
- **좋아하는 것:** 단 음식(연기 사탕)
- **싫어하는 것:** 아버지, 벌레,
  비위생적 환경

힘
미모
지능
감성
민첩
재력

해골은 뼈밖에 없기 때문에
미모를 따지는 것은 의미가 없습니다.

음식을 먹으면 턱 아래로
흐르지 않고 흡수되어요.

섭취한 음식은
체내에서 바로
마력이 됩니다.

마력 고갈을
겪지 않으려면
식사를 해야 합니다.

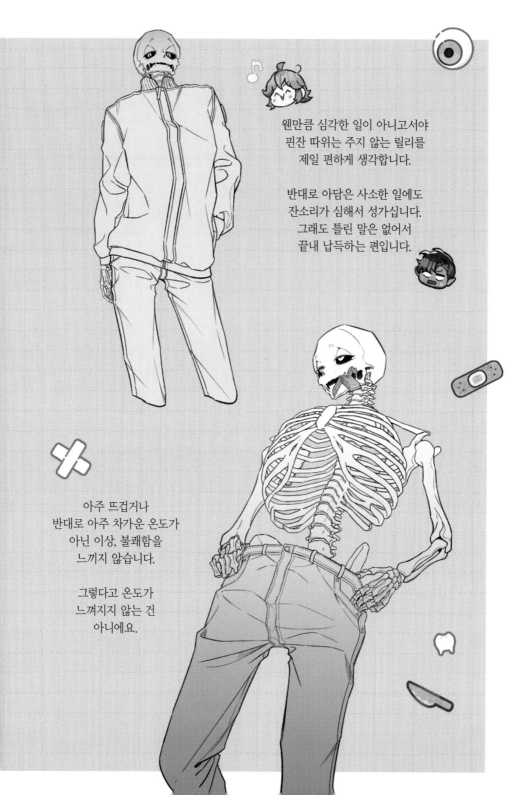

웬만큼 심각한 일이 아니고서야
핀잔 따위는 주지 않는 릴리를
제일 편하게 생각합니다.

반대로 아담은 사소한 일에도
잔소리가 심해서 성가십니다.
그래도 틀린 말은 없어서
끝내 납득하는 편입니다.

아주 뜨겁거나
반대로 아주 차가운 온도가
아닌 이상, 불쾌함을
느끼지 않습니다.

그렇다고 온도가
느껴지지 않는 건
아니에요.

www.your-mana.com